NOTICE

SUR

LE FORMULAIRE DE GUILLAUME DE PARIS,

PAR

M. TANON,

CONSEILLER À LA COUR DE CASSATION.

TIRÉ DES NOTICES ET EXTRAITS DES MANUSCRITS DE LA BIBLIOTHÈQUE NATIONALE, ETC.

TOME XXXII, 2ᵉ PARTIE.

PARIS.

IMPRIMERIE NATIONALE.

M DCCC LXXXVIII.

NOTICE

SUR

LE FORMULAIRE DE GUILLAUME DE PARIS.

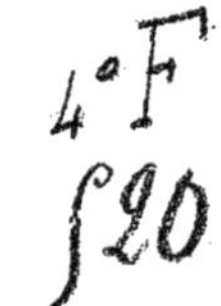

NOTICE

SUR

LE FORMULAIRE DE GUILLAUME DE PARIS,

PAR

M. TANON.

TIRÉ DES NOTICES ET EXTRAITS DES MANUSCRITS DE LA BIBLIOTHÈQUE NATIONALE, ETC.

TOME XXXII, 2ᵉ PARTIE.

PARIS.

IMPRIMERIE NATIONALE.

M DCCC LXXXVIII.

NOTICE

SUR

LE FORMULAIRE DE GUILLAUME DE PARIS.

I

Le *Formulaire*, dont nous présentons ici la notice, appartient à la Bibliothèque Mazarine. Nous en devons la connaissance à une obligeante communication de M. Auguste Molinier, qui nous l'a signalé pendant qu'il préparait le savant catalogue des manuscrits de cette bibliothèque[1]. L'auteur et l'œuvre sont également inconnus; et notre manuscrit, à en juger par les notes marginales et les additions qu'il contient, est, sans doute, l'exemplaire original, et peut-être unique, de cet ouvrage.

C'est un manuscrit sur parchemin, écrit sur deux colonnes, d'une écriture cursive très abrégée. Les feuillets portent deux numérotages, l'un en chiffres romains, de la main de l'auteur (fol. 1 à 167), l'autre d'une main toute moderne, en chiffres arabes, pour les dix-sept premiers et les deux derniers feuillets.

Les feuillets, 1 à 167, contiennent le *Formulaire* même qui se divise en deux parties, le corps de l'ouvrage (fol. 1 à 133), et un appendice (fol. 133 à 167). Les dix-sept feuillets préliminaires renferment, avec d'importantes additions tirées de l'Apparat d'Innocent IV (fol. 4 à 14),

---

[1] Il est décrit, dans le tome II, p. 69, de ce catalogue, sous le n° 1319.

la table des matières (fol. 16 à 17), suivie d'une courte notice, et d'un avis au lecteur (fol. 17 *b*)[1].

La table, qui figure ainsi en tête de l'ouvrage, est précédée d'un prologue en quelques lignes, qui commence par les mots : Cupide juventuti sciendi practicam juris canonici et civilis.

Le corps même de l'ouvrage se divise en quatorze parties principales, qui se subdivisent elles-mêmes en un grand nombre de *rubricelles*. C'est, en réalité, un traité de l'*Ordre judiciaire,* dans lequel sont incorporées un grand nombre de formules. La première partie traite des juges : Quoniam judicum, alii sunt ordinarii, alii delegati vel subdelegati, alii arbitrarii. La quatorzième et dernière partie traite de la restitution en entier; elle est suivie de l'*explicit,* Et sic hic posset terminari feliciter hic tractatus (fol. 133 *a*).

L'Appendice vient immédiatement après, sous ce titre : Stilus litterarum secundum juris ordinem et solitum cursum in Parisiensi curia nunc et diutius observatum, tam in citationibus quam in actis et memorialibus, secundum juris indaginem, quam et in cartis et instrumentis super diversis contractibus, ut de similibus ad similia procedatur.

Cette partie constitue plus particulièrement le formulaire. L'auteur commence par y faire une récapitulation générale de toutes les formules contenues dans le corps de l'ouvrage, en suivant l'ordre des matières sous lesquelles il les a distribuées, et en renvoyant aux feuillets qui les contiennent (fol. 133, col. 1, 2 et 3). Il fait suivre cette récapitulation de la série des mémoriaux qui marquent l'ordre du procès ordinaire à l'Officialité de Paris : In secunda parte continentur omnia et singula memorialia et acta que contingunt fieri, ab ipso litis exordio, id est, ab ipsa prima die qua primo partes comparent in judicio, suffi-

---

[1] Ce manuscrit contient encore, en dehors du formulaire et de ses additions : au folio 2, une copie du xvᵉ siècle de la Pragmatique Sanction *dite* de Saint Louis, suivie d'une note en français et d'une requête au roi, en quelques lignes concernant le même objet; aux folios 167, 4ᵉ col., et 168, un examen de conscience avant la confession; et enfin, au folio 169, un très court fragment d'un acte de réformation de la Faculté de droit de l'Université de Paris.

cienter discepture, usque ad diffinitivam sententiam exclusive. Que licet rudissimum sit scribere et verisimiliter, ut ita loquar, *aanerie*, tamen propter rudes et asinos, ut ego sum, illa scribo (fol. 133, 4ᵉ col., et 134, col. 1 et 2).

Après ces mémoriaux, viennent les formules des divers actes et contrats, dont il n'a pas été parlé dans le corps de l'ouvrage. Elles sont distribuées, sous dix-huit rubriques, et accompagnées, comme les formules de procédure, d'un exposé doctrinal sommaire, qui forme, sous chacune de ces divisions, un petit traité de la matière.

Ainsi complété par l'Appendice, le traité de Guillaume de Paris embrasse la plus grande partie du droit canonique. Le corps de l'ouvrage comprend presque toute la matière des trois premiers livres du *Speculum judiciale* de Guillaume Durant; l'Appendice, celle du livre quatrième et dernier.

Le nom de l'auteur se rencontre en tête et à la fin du corps de l'ouvrage. Il figure une première fois, après la table, avec le titre, dans la notice placée au verso du feuillet 17 : Et sic hiis per Dei gratiam feliciter adimpletis, finitur Formularius Guillermi de Parisius, dicti Presbiteri, clerici. L'écriture de cette notice est assez semblable à celle du manuscrit; et on doit admettre qu'elle émane, soit de l'auteur, soit, dans tous les cas, de l'un des premiers possesseurs du manuscrit[1].

Une autre note, d'une écriture beaucoup plus récente, reproduit, après l'*explicit*, une seconde fois, le titre. Elle nous apprend, en même temps, que le *Formulaire* a appartenu, de bonne heure, au collège de Navarre, dans le fonds duquel la Bibliothèque Mazarine l'a recueilli, car elle est signée du nom d'un proviseur que nous voyons figurer, en cette qualité, dans un ancien recueil de pièces concernant cet établissement, de 1453 à 1463 : Explicit Formularius Guillermi de Parisius super titulis Decretalium, bonus et utilis valde, quem a

---

[1] L'avis au lecteur qui est placé sur le même feuillet, en regard de cette notice, est encore d'une écriture un peu différente; il indique que l'ouvrage a été composé pour l'instruction des notaires et des tabellions.

collegio Navarre receperam pro certis libris quos volebam vendere ad dictum collegium. Paquot provisor dicti collegii (fol. 167, 3ᵉ col.)[1].

L'époque de la rédaction de notre manuscrit pourrait être fixée, d'après la seule écriture, à la seconde moitié du XIIIᵉ siècle; et c'est aussi la fin de ce siècle que les noms des jurisconsultes cités et utilisés dans le cours de l'ouvrage assigneraient à sa composition. Mais nous n'en sommes pas, sous ce rapport, réduits aux conjectures. L'auteur nous fait connaître, dans une de ses premières formules, l'année, et, par une rare précision, le jour même où il a commencé son livre; c'est une formule de citation qu'il date du 23 janvier 1290 : Datum anno domini M° CC° octogesimo nono, die lune ante Conversionem sancti Pauli, quo incepi istum librum (fol. 18 b). Une autre formule de la fin, qui donne un modèle de testament, dans laquelle l'auteur se met lui-même en scène, est datée du mois d'octobre 1291 (fol. 154 a). Elle marque, sans doute, l'époque de l'achèvement de l'ouvrage, dont la composition aurait ainsi exigé un travail de près de deux années.

Une troisième formule, qui figure, comme la première, au titre des citations (fol. 22 h), nous fournit une indication sur la personnalité de l'auteur. Elle est la reproduction d'un acte que Guillaume déclare avoir écrit lui-même autrefois, sur l'ordre d'un ancien official de Paris : Item semel me recolo, ad mandatum venerabilis viri Garnerii, quondam officialis Parisiensis, talem monitionem scripsisse[2]. Il suit de là que notre Guillaume était un clerc, sans doute un notaire, de l'officialité de Paris, et qu'il remplissait ces fonctions dès le temps de l'official Garnier, c'est-à-dire assurément vers 1260, époque à laquelle nous trouvons, dans le Cartulaire de Notre-Dame, un official de l'évêque, de ce nom[3].

---

[1] Le ms. du fonds latin 9962 de la Bibliothèque nationale contient une liste des proviseurs du collège de Navarre dans laquelle nous relevons la mention suivante : Stephanus Paquot, ab anno 1453 ad 1463. C'est le neuvième proviseur depuis la fondation du collège.

[2] Nous trouvons une autre allusion, quoique moins précise, à la pratique de l'auteur, au folio 14, 4ᵉ col. : Verumptamen me recolo semel talem commissionem vidisse.

[3] Guérard, t. III, p. 174. Un autre official du nom de Guillaume, *Guillelmus of*

Ce renseignement est précieux ; mais c'est le seul que l'auteur nous donne sur lui-même, et les recherches que nous avons faites ailleurs, pour découvrir quelque particularité nouvelle de sa vie, ne nous ont donné aucun résultat.

Les catalogues du collège de Navarre, qui mentionnent notre *Formulaire*, le confondent parmi les ouvrages de l'évêque de Paris, Guillaume d'Auvergne[1]. Mais c'est là une attribution impossible, puisque Guillaume d'Auvergne est mort vers 1248-1249, bien avant l'époque que notre auteur fixe pour la composition de son manuscrit, et avant même l'apparition de quelques-uns des ouvrages qui y sont utilisés. La même impossibilité n'existe pas quant à deux autres Guillaume, qui ont vécu un peu plus tard dans le même temps, et auxquels on a donné aussi le surnom de *Parisiensis*. Ce sont, Guillaume de Paris, confesseur de Philippe le Bel et inquisiteur général de la foi, mort vers 1313, et Guillaume Bauffet, évêque de Paris, mort en 1320. Toutefois, si les dates ne repoussent pas ici, d'une manière absolue, toute possibilité d'une attribution de notre manuscrit à l'un ou à l'autre de ces deux Guillaume, les autres circonstances rendent cette hypothèse tout à fait invraisemblable. Outre que le surnom de Leprêtre, *Presbiter*, n'a appartenu à aucun des deux, la qualité de clerc de l'officialité ne convient non plus ni à l'un ni à l'autre. Le dominicain Guillaume, que la date de sa mort rapprocherait le plus du nôtre, ne nous est connu qu'à partir de 1305, époque où il remplaça Nicolas de Fréauville comme confesseur du roi. C'était, sans doute, déjà un homme mûri par l'âge et l'expérience ; et les auteurs de la *France littéraire*[2] placent, avec

ficialis Parisiensis, est mentionné dans un autre acte du même Cartulaire (t. I, p. 165). Mais ce n'est pas notre Guillaume ; c'est un prédécesseur de Garniér, puisque l'acte est de 1255.

[1] Voir ms. Bibl. Maz., 3138, *Codices manuscripti bibliothecæ regiæ Navarræ*, p. 114 et 115 : *Guillelmus Parisiensis*, Tractatus de fide et legibus ; Ejusdem tractatus de virtutibus ; Ejusdem tractatus de septem sacramentis ; Rhethorica divina ; Ejusdem liber de collatione beneficiorum ; Ejusdem formularius super titulos Decretalium. Cf. deux autres catalogues des mêmes manuscrits, Bibl. Maz., 3137, et Bibl. nat., fonds latin, 937r.

[2] T. XXVII, p. 140.

toute vraisemblance, sa naissance vers le milieu du xiii⁰ siècle, c'est-à-dire à une époque peu éloignée de celle où notre Guillaume remplissait les fonctions de clerc auprès de l'official Garnier. Quétif et Échard attribuent enfin à ce dominicain un ouvrage de droit canon, qui n'est pas parvenu jusqu'à nous; mais il résulte des indications mêmes qu'ils donnent à ce sujet, que cet ouvrage ne peut être confondu, ni par son titre, ni par son *incipit,* ni par son objet, avec notre *Formulaire :* c'est une Tabula juris, une simple table sommaire du Décret et des Décrétales, commençant par les mots, Prompte volentibus [1].

Notre Guillaume n'est donc aucun des Guillaume connus. Il est et reste un clerc de l'officialité de Paris. Nous ignorons s'il remplissait encore ces fonctions à l'époque où il a rédigé son *Formulaire,* ou s'il a employé à ce travail les loisirs de sa retraite. Nous sommes cependant portés à croire, à raison des notes et additions dont il a accru son manuscrit, de son procédé de composition, et notamment des indications de sources, qui paraissent surtout faites en vue de faciliter des recherches personnelles, qu'il a écrit son livre, alors qu'il exerçait réellement ses fonctions. Il nous donne, dans tous les cas, ainsi qu'il le déclare lui-même, à plusieurs reprises, le droit suivi à l'officialité de Paris et les formules qui y étaient reçues; et c'est là ce qui constitue l'intérêt tout spécial de son œuvre.

II

Malgré son titre, cet ouvrage n'est pas un simple recueil de formules. Il contient en même temps, comme nous venons de le voir, un traité de droit et de procédure canoniques. Mais il a reçu, non sans raison, le titre spécial de *Formulaire,* à cause de la place considérable que les formules y occupent. C'est, si l'on veut, un formulaire expliqué.

Le traité proprement dit est, presque dans toutes ses parties, une simple compilation; mais cette compilation se distingue, sous plusieurs

---

[1] *Scriptores ordinis Prædicatorum,* t. I, col. 528 a.

rapports, des œuvres de ce genre. L'auteur l'a composé, non d'emprunts plus ou moins déguisés faits aux canonistes et aux légistes de son temps, mais des extraits mêmes des auteurs compilés; il donne, en outre, constamment, l'indication complète et exacte de ses sources. Ce n'est pas à lui qu'André, le célèbre annotateur du *Speculum,* aurait pu faire le reproche qu'il adresse, avec trop de dureté peut-être, à Guillaume Durant de s'approprier clandestinement le bien d'autrui : tous ses extraits sont signés, individuellement ou par série.

Les extraits sont généralement textuels, avec quelques abréviations, qui ne portent d'ailleurs le plus souvent que sur les renvois au corps de droit canon et aux lois romaines; on y remarque seulement parfois quelques interversions.

La division méthodique des matières, le choix des extraits et leur distribution sous les nombreuses rubriques que le sujet comporte, constituent, avec quelques observations et notes personnelles, le travail propre de l'auteur. Si modeste qu'il paraisse au premier abord, ce travail, tel qu'il a été exécuté, exigeait, en même temps qu'une critique exercée, une connaissance approfondie de la littérature juridique du temps. Guillaume ne s'asservit entièrement, dans aucune matière ayant quelque importance, à aucun de ses nombreux modèles; il combine et varie, avec beaucoup d'art, leurs extraits. Il écarte d'ailleurs les dissertations et les longues controverses, et il donne habituellement la préférence, dans chaque auteur, aux fragments les plus concis et les plus nets. Il n'a évidemment d'autre but que de donner, sous chaque rubrique, un bref commentaire qui puisse servir de guide au praticien pour procéder devant les officialités, et en particulier devant la grande juridiction à laquelle il a été attaché lui-même, sans doute pendant de longues années.

Ce but tout pratique de son œuvre lui a inspiré, en dehors de son travail de compilation, un passage tout personnel, où il prend par exception la parole pour son compte et dans lequel il nous fournit un renseignement d'une grande importance sur un point de procédure criminelle : il s'agit de l'usage de la question.

2.

-: D'après l'opinion commune, la torture, bien que mentionnée, comme une voie régulière d'instruction, par plusieurs canonistes du XIIIe siècle, n'avait dû être, de fait, appliquée par les juges d'Église à cette époque, qu'aux hérétiques dans les tribunaux d'inquisition, et non dans les officialités[1]. Mais Guillaume nous apprend, au contraire, qu'elle était usitée, de son temps, à l'officialité de Paris, et qu'elle était, pour l'instruction de certains crimes, un moyen ordinaire de conviction. Il ne laisse plus ici la parole à ses auteurs; c'est lui-même qui fixe ses souvenirs sur un point important de la coutume, sous la forme piquante d'un conseil à l'accusé.

Après avoir rappelé que le défaut de comparution en justice entraînait l'excommunication et ensuite le bannissement, il se demande quelle conduite doit tenir, dans son intérêt, un accusé cité devant le juge, à raison d'un crime qui lui est imputé; et dépouillant alors ses scrupules de jurisconsulte pour n'écouter que les leçons de son expérience, il répond à cette question par un aveu plein de franchise.

Le passage est curieux et mérite d'être cité : « Je vais, dit-il s'adressant à l'accusé, te donner un bon conseil. Si tu es coupable, surtout d'une blessure mortelle, ou d'un homicide, si riche que tu sois et entouré d'amis, il ne faut pas venir sur la citation, de peur que tu ne sois détenu, et que tu ne puisses plus retourner dans ta demeure. Supporte plutôt humblement et avec contrition l'excommunication et le bannissement, car les clefs des champs et les chambres des oiseaux sont bonnes, et il peut se faire que des remèdes imprévus se découvrent et que la fortune vienne encore à te sourire. Si au contraire tu n'es pas coupable, et que tu sois bien certain qu'on ne pourra rien prouver contre toi, tu peux venir, mais en te faisant précéder de tes amis les plus puissants qui te serviront d'intercesseurs auprès des officiaux pour te faire avoir une prison curiale, et surtout pour obtenir d'eux la promesse formelle que tu ne seras pas soumis à la question. Et sache cependant que, d'après la coutume de l'officialité de Paris, on ne

---

[1] Voir Fournier, *Les Officialités au moyen âge*, p. 280; et Biener, *Beiträge zu der Geschichte des Inquistions-Processes*, p. 55 et 73.

soumet à la torture que les criminels notoires, atteints, comme auteurs ou complices, de faits énormes dont ils sont publiquement diffamés. » Guillaume indique ensuite à l'accusé ce qu'il aura à faire pour obtenir sa libération. Puis il termine son discours par cette maxime de sagesse pratique : « Garde-toi de la prison et tu passeras pour un sage. »

Il résulte de ce témoignage, qui ne saurait être récusé, que la question était appliquée, en règle, à l'officialité de Paris aux criminels atteints de *faits énormes*. Quant à ce qu'il faut entendre par ces faits, Guillaume ne le dit pas encore en cet endroit; mais il emprunte plus loin à la Somme de Goffredus un passage dans lequel ce canoniste distingue, au point de vue des empêchements à la collation des ordres, les *delicta enormia* des *delicta mediocria*[1]. Il est possible que les *faits énormes* qui donnaient lieu à l'emploi de la question, embrassent, dans la pensée de notre auteur, un nombre indéterminé de faits, plus considérable que ceux qui rentrent dans la catégorie spéciale de ces *delicta enormia;* mais ils comprennent, tout au moins, ces derniers, parmi lesquels Goffredus, et Guillaume après lui, rangent l'homicide, avec l'hérésie et la simonie.

Ce témoignage de notre auteur sur un point si intéressant de la pratique de son temps, donne à regretter qu'il n'ait fait plus souvent appel à ses souvenirs dans le cours de son ouvrage; mais il efface presque partout ailleurs sa personnalité derrière celle de ses auteurs. Il ne la laisse apparaître que dans de très courtes observations, assez rares dans le corps de l'ouvrage, plus fréquentes dans les notes placées en marge du manuscrit, mais plus brèves encore. Ces dernières ne consistent habituellement qu'en une annotation sommaire faite pour appeler l'attention sur une question, une opinion, une distinction, un passage quelconque bon à signaler : « Oppinio auctoris est bona (fol. 33 *b*); bona distinctio (fol. 47 *b*); bona questio (fol. 57 *b*); bona est tota ista materia (fol. 67 *b*); cautela sed mala, cautela bona

---

[1] Fol. 28 : Quæ sint enormia delicta, quæ mediocria, quæ occulta. Extrait de la *Summa super rubricis Decretalium* de Goffredus, ch. De tempore ordinationum et qualitate ordinandorum.

(fol. 66 *b*) ; nota bene passagium istum (fol. 68 *b*); nota bonam et difficilem distinctionem (fol. 69 *b*); nota bene istas xv cautelas quia permaxime sunt necessarie in causis appellationum; nota quod iste vii^{tem} cautele que sequuntur non sunt adeo necessarie sicut viii prime, tamen necessarie sunt (fol. 117 *b*).

La partie purement formulaire de l'ouvrage présente plus d'originalité. Un assez grand nombre de formules sont empruntées par Guillaume à sa pratique, et sans doute tirées des archives mêmes de l'officialité de Paris. Il compile les autres; mais il les arrange assez souvent, ou même il les combine entre elles, et surtout il les abrège; il change aussi l'intitulé de quelques-unes en le libellant au nom de son official. Enfin il les accompagne, plus d'une fois, d'observations critiques importantes. Il note que telle formule, quoique légale, n'est pas reçue dans la pratique, ou réciproquement qu'elle est reçue dans la pratique quoique non conforme au droit; que telle autre est la meilleure ou la plus usuelle; que telle autre est mauvaise, quoique empruntée à Guillaume Durant et que le moindre notaire en ferait de meilleures : Hec due ultime forme (citations), etsi de jure teneantur, tamen de consuetudine non habentur (fol. 19 *b*); reprobatur hec forma cessionis (cession de biens), licet de consuetudine habeatur (fol. 41 *b*); ista que sequitur (tutelle) est celebrior et communior (fol. 44 *b*); in hac forma (procuration) non consulo (fol. 50 *b*); formas adoptionis, arrogationis et emancipationis secundum Guillelmum Duranti non insero quia non valent; forma emancipationis que hodie est in usu (fol. 160 *b*); formas super solutionibus seu quitationibus secundum Guillelmum Duranti hic non insero, quia etiam simplicissimus notarius faceret meliores; unam tamen hic insero (fol. 148 *b*).

Guillaume Durant, dont notre auteur juge si librement les formules, est cependant le modèle qu'il suit à peu près exclusivement dans toute cette partie. Le célèbre formulaire de Rolandinus, connu sous le nom de *Summa Rolandina* ou *Orlandina*, auquel Durant a fait lui-même de si larges emprunts, dans son *Speculum*, paraît lui avoir été inconnu ou n'avoir pas été en sa possession; dans tous les cas, il ne l'a pas utilisé directement. C'est dans le *Speculum* qu'il prend les formules de la *Summa* qu'il s'approprie, sans remonter à leur véritable source. L'ouvrage de Guillaume Durant était d'ailleurs parmi tous ceux dont il a fait usage, celui qui lui fournissait le formulaire le plus complet et le plus nouveau pour tout l'ensemble du droit; les autres auteurs dont il s'est servi, ne pouvaient être utilisés, pour la plupart, que pour la compilation de la partie théorique de son œuvre.

III

Les jurisconsultes, canonistes ou légistes, mis à contribution, dans cette partie, sont au nombre de dix-sept, dont trois principaux et quatorze secondaires, sans compter deux anonymes.

Les trois principaux sont, avec Guillaume Durant, Tancrède et Goffredus. Les quatorze secondaires sont : Innocent IV, Guido de Collemedio, Hostiensis, Raimundus, Monaldus, Bernardus, Jacobus de Raveigni, Raufredus, Johannes de Deo, Ægidius, Martinus de Fano, Bagarotus, Petrus de Sampsone et Bartholomæus Brixiensis.

Nous conservons, dans cette nomenclature, sauf pour quelques noms trop connus pour n'être pas francisés, les noms mêmes inscrits par Guillaume de Paris au bas de ses extraits. Aucune autre indication ne les accompagne, et, sauf de très rares exceptions, aucune mention n'est faite des ouvrages auxquels les extraits ont été empruntés.

L'identité de tous ces auteurs est aisée à déterminer lorsqu'on connaît l'époque à laquelle notre traité a été compilé; il en est autrement de celle de plusieurs de leurs ouvrages. La plupart des auteurs cités ont beaucoup écrit; la plus grande partie de leurs œuvres n'a été conservée qu'à l'état de manuscrits, et parmi celles qui ont été imprimées, plusieurs n'ont eu que des éditions fort anciennes et aujourd'hui peu connues.

La détermination de l'identité des ouvrages utilisés dans notre recueil n'était donc pas exempte de difficultés. Elle ne pouvait être établie, avec certitude, que par la concordance des extraits avec les œuvres

originales d'où ils avaient été tirés. Nous avons retrouvé cette concordance pour la plupart des auteurs compilés. Nos investigations n'ont
été infructueuses que pour trois d'entre eux, dont nous ne possédons
que des fragments, ou dont les manuscrits, quoique connus, n'ont pas
été à notre disposition.

Nous allons passer en revue ces sources de notre *Formulaire*, sans
en omettre aucune, mais en insistant surtout sur celles qui sont le
moins connues, et qui présentent quelque particularité utile à signaler.

Nous n'entrons pas dans la biographie des auteurs, qui n'est plus à
faire; nous nous bornerons à renvoyer sur ce point, aux principaux
écrivains qui se sont occupés de l'histoire littéraire du droit. Le plus
considérable d'entre eux, pour l'école bolonaise à laquelle appartiennent
la plupart des auteurs utilisés dans notre manuscrit, est encore Sarti[1],
qu'il faut seulement compléter et rectifier par les recherches des mo-
dernes et en particulier de Savigny.

Guillaume Durant[2], *Tancrède*[3], *Goffredus de Trano*[4]. — Les deux
ouvrages qui forment, avec le *Speculum judiciale* de Guillaume Durant,
la base de notre compilation, sont l'*Ordo judiciarius* de Tancrède, et la
Summa super rubricis Decretalium de Goffredus de Trano. Guillaume
de Paris passe de l'un à l'autre, dans son traité, en leur faisant presque
partout une place matérielle à peu près égale; mais comme l'ouvrage
de Durant est infiniment plus volumineux que ceux de Goffredus et
de Tancrède, il se trouve qu'en définitive la part du premier est
moindre, dans cette partie, que celle des deux derniers.

[1] Édité et complété par Fattorini, *De claris Archigimnasii Bononiensis professo- ribus a sæculo XI usque ad sæculum XIV.* Bologne, 1769.

[2] Voir sur Guillaume Durant et ses ou- vrages, Sarti, t. I, p. 386; *Histoire litté- raire de la France*, t. XX, p. 411; Savigny, *Histoire du droit romain au moyen âge* (édit. franç.), t. IV, p. 185; Schulte, *Geschichte der Quellen und Literatur des canonischen Rechts*, t. II, p. 144; Bethmann-Hollweg, *Der germanisch-romanische Civilprozess im Mittelalter*, t. III, 1ʳᵉ part., p. 203 et suiv.

[3] Sarti, t. II, p. 28; Savigny, t. IV, p. 118; Schulte, t. I, p. 199; Bethmann-Hollweg, t. III, 1ʳᵉ part., p. 115.

[4] Sarti, t. I, p. 341; Schulte, t. II, p. 88.

L'*Ordo judiciarius* de Tancrède n'a pas été reproduit par Guillaume de Paris dans sa rédaction primitive. Un auteur moderne, Bergmann, qui a publié ce texte dans toute sa pureté, a établi, en même temps, qu'il avait été l'objet, de la part de jurisconsultes inconnus, de deux remaniements importants qui ont dû être opérés, l'un vers 1225, et l'autre après 1234[1]. Ces éditions, dans lesquelles la plus grande partie du texte original a été conservée, donnent cependant à l'ouvrage une forme différente, par des changements de mots, des citations nouvelles, et surtout par des additions assez considérables. La dernière établit partout la concordance des anciennes citations avec les Décrétales de Grégoire IX. Cette concordance existe aussi dans une troisième édition due à l'un des auteurs mêmes compilés dans notre recueil, Bartholomæus Brixiensis, qui a reproduit à peu près textuellement le traité même de Tancrède, mais sous son propre nom, et en se bornant à en changer la préface.

Ce n'est pas au texte relativement pur de Bartholomæus que Guillaume de Paris, à défaut du texte original, a emprunté ses extraits. Il a fait usage de l'édition qui contient les additions les plus nombreuses à l'œuvre primitive. C'est ce dont nous nous sommes assurés par la concordance de plusieurs fragments, que nous avons pu établir, non avec le texte primitif, mais avec une ancienne édition qui reproduit, comme nous l'avons vérifié sur les variantes de Bergmann, les additions du remaniement de 1234[2].

Innocent IV[3], et son abréviateur *Guido de Collemedio*[4]. — On a souvent reproché à Innocent d'être difficile à comprendre, à cause de sa subtilité et d'une trop grande concision[5]. Rien ne montre mieux la justesse de cette appréciation que l'usage que Guillaume de Paris fait de son cé-

---

[1] Bergmann. *Pillii, Tancredi, Gratiæ, Libri de judiciorum ordine.*

[2] *Tancreti jureconsulti vetustissimi, Ordinis judiciarii Tractatus.* Lugduni, 1547.

[3] Sarti, t. 1, p. 344; Schulte, t. II, p. 91.

[4] Guy di Colle di Mezzo. *Histoire littéraire de la France*, t. XXV, p. 280; Schulte, t. II, p. 178.

[5] C'est la remarque de Sarti, qui ne fait d'ailleurs que reproduire l'opinion de Bal-

lèbre Apparat sur les Décrétales. Ce n'est pas le texte même de ce commentaire qu'il transcrit, c'est toujours un résumé qu'il compose lui-même ou qu'il emprunte à la *Summa abreviata* de Guido de Collemedio[1].

Guido a composé, sous ce titre, ou sous celui d'*Innocentius parvus*, un abrégé de l'Apparat dans lequel il reproduit les principales solutions d'Innocent, en les condensant dans de brèves formules. Les nombreux emprunts que Guillaume de Paris fait à cet ouvrage et qu'il signe du nom même d'Innocent, démontrent que l'abrégé de Guido était utilisé et cité, dans la pratique, avec une autorité égale à celle de l'original. On voit aussi par là que l'époque de la composition de l'ouvrage, que l'on savait seulement être antérieure à la promotion de Guido à l'archevêché de Cambrai, c'est-à-dire à 1296, doit être reportée au delà de l'année 1290.

Guillaume de Paris indique lui-même, dans la table des matières de notre Somme, qu'il fait usage de Guido[2]. Cependant, nous ne retrouvons pas tous ses extraits dans les manuscrits de ce dernier. Quelques passages sont identiques; mais c'est le petit nombre. Ceux de Guillaume sont généralement plus étendus, et parfois entièrement originaux. Notre auteur avait-il entre les mains un autre exemplaire de l'ouvrage de Guido, différent de ceux que nous connaissons? A-t-il du moins emprunté quelques-uns de ses extraits à quelque autre abrégé de l'Apparat? Nous ne le pensons pas; car d'une part, les deux manuscrits de Guido qui sont conservés à la Bibliothèque nationale, sont identiques, et complets; et d'autre part, Guillaume indique trop exactement toutes ses sources pour qu'il soit permis de supposer qu'il en ait ici omis une. Il semble donc qu'il ait complété ou composé lui-même ses résumés, dans la manière de Guido[3].

Guillaume de Paris donne d'ailleurs à l'ouvrage d'Innocent, ainsi

dus et d'Andreas Siculus : Nonnulla scribit prolixo et implicato sermone... Ita breviter et obscure processit ut sæpenumero ignoretur quid velit dicere.

[1] La Bibliothèque nationale possède deux manuscrits de cet ouvrage : le premier, Lat. 4306, fol. 31, *Incipit Summa Innocentii abbreviata;* le second, Lat. 3987, fait suite à l'*Apparat* d'Innocent, fol. 294.

[2] Fol. 16 b.

[3] On verra des exemples des deux espèces d'extraits dans la collation des pas-

adapté au sien propre, une place considérable dans sa compilation. Il en avait fait déjà de nombreux extraits dans le corps de son ouvrage; mais ils ne lui ont pas suffi, et il les a complétés par d'importantes additions qui figurent en tête du manuscrit.

Hostiensis [1]. — La *Summa super titulis Decretalium*, d'Henri de Suzé, cardinal évêque d'Ostie, est, comme l'Apparat d'Innocent, un commentaire qui embrasse l'ensemble du droit [2]. Bien que cette Somme ait obtenu rapidement une grande autorité, il ne semble pas qu'elle ait pris place dans le premier travail de notre auteur, car les extraits que nous en relevons, d'ailleurs en petit nombre, ne figurent qu'en note et en marge de son manuscrit [3]. Elle devait cependant être déjà assez répandue, puisqu'elle avait été composée vers 1250-1261.

Raymundus [4]. *Monaldus* [5]. — Les Sommes composées par ces deux auteurs sont des Sommes confessionnelles. La plus célèbre, la *Summa de penitentia*, de Raymond de Pennafort, ne figure dans notre recueil que par quelques extraits [6]. Il en est de même de celle de Monaldus. Cette dernière est restée inconnue de plusieurs des auteurs qui ont écrit sur la littérature canonique, quoiqu'elle ait été éditée au

---

sages suivants: notre ms., fol. 126, Dominus Innocentius dicit quod in primis vindicat sibi locum, et ms. 4306, fol. 42 b; — notre ms., fol. 99 b, In Summa nota quod consuetudo inducitur, et ms. 4306, fol. 326, de consuetudine; — notre ms., fol. 956, In summa nota quod ubi aliquis vult probare, et ms. 4306, fol. 626, de presumptionibus; — notre ms., fol. 4 a (additions), De jure et jurisdictione archidiaconi, et ms. 4306, fol. 39 b; — notre ms., fol. 4 a, De ordinario, et ms. 4306, fol. 41 b, de officio ordinarii.

[1] Sarti, p. 360 et suiv.; Schulte, t. II, p. 123.

[2] Cette Somme a eu plusieurs éditions. Nous avons établi notre collation sur celle de 1573 : *Henrici de Segusio, cardinalis Ostiensis, Summa aurea.* Basileæ.

[3] Fol. 99 b, Consuetudo est usus rationabilis; conforme à la *Somme*, fol. 64.

[4] Sarti, p. 331; Quétif et Échard, *Scriptores ordinis Prædicatorum*, t. I, p. 106; Schulte, t. II, p. 408; Stinzing, *Geschichte der populæren Literatur*, p. 493.

[5] Fabricius, *Bibliotheca*, t. V, p. 65; Schulte, t. II, p. 414; Stinzing, p. 503.

[6] Voir un extrait dans notre ms., fol. 40 b: De pena injuste ferentis excommu-

3.

xvie siècle, et qu'elle ait été conservée dans d'assez nombreux manuscrits[1].

Bernardus[2]. — Il s'agit ici de Bernardus Parmensis. Guillaume de Paris n'utilise pas, en général, les glossateurs. Il fait cependant exception pour Bernardus, auquel il emprunte plusieurs passages[3]. Il donne à sa glose le nom de *glose ordinaire,* glosa ordinaria, sous lequel la pratique universelle l'a consacrée, et il le désigne constamment lui-même sous le titre de glosator ordinarius, glosator juris ordinarius[4].

La seule glose, après celle de Bernardus, dont nous retrouvions un fragment, est celle de Tancrède, l'auteur même de l'*Ordo judiciarius;* et encore cet extrait n'a-t-il pas été emprunté à Tancrède directement; il a été pris dans le traité sur la procédure de Roffredus Beneventanus, au chapitre de l'inquisition. Mais Roffredus l'a emprunté lui-même textuellement à la glose de Tancrède sur la troisième compilation, comme nous avons pu le vérifier sur un des manuscrits de cette glose conservé à la Bibliothèque nationale[5].

---

nicationem : potest injuste excommunicatus proponere querimoniam contra excommunicatorem ; conforme à la *Somme,* liv. III, tit. xxiii, de sententiis : item potest proponere querimoniam contra excommunicatorem, etc. (p. 402 de l'édition de Lyon, 1718, *Sancti Raymundi de Pennafort, ordinis Prædicatorum, Summa*). Voir d'autres extraits, ms., fol. 129 *b.*

[1] Nous avons établi notre collation avec l'édition de Lyon : *Summa perutilis atque aurea venerabilis viri fratris Monaldi.* Lugduni. Voir un extrait dans notre ms., fol. 52 *a* : Nota etiam quod exceptionum, alia peremptoria, alia perpetua, alia temporalis, alia anormala; conforme à l'édition, fol. 70 *a.* Voir encore ms., fol. 43 *a* et *b,* et 72 *a.*

[2] Schulte, t. II, p. 114.

[3] Voir fol. 34 *a,* Nota quod licet; conforme à la glose, édition des Décrétales de 1561, col. 637 ; — fol. 102 *b,* Bernardus glosator ordinarius. Sed numquid habet locum, conforme à la glose, col. 710 et 711.

[4] Fol. 10 *a,* Bernardus glosator juris ordinarius in glosa sua ordinaria ; fol. 78 *b,* 92 *b* et 102 *b.* La glose de Bernardus a été incorporée aux premières éditions des Décrétales et notamment à celles de 1478 (Bibl. nat., réserve) et de 1482, et encore à celle de Lyon 1561, sur laquelle nous avons établi notre collation.

[5] Bibl. nat., nouv. fonds, ms. 12452, Compilatio iiie, Glossæ sive Apparatus Tancredi (titre d'une écriture moderne). Les deux passages à rapprocher sont le fol. 30 *a* de notre ms., Inquisitio facienda

Jacobus de Raveigni[1]. — C'est le légiste Jacques de Révigni, qu'on désigne souvent, par une confusion dans laquelle ne tombe pas notre auteur, sous le nom de Jacques de Ravenne, Jacobus de Ravanis. C'est, non plus un glossateur, mais l'auteur de commentaires importants sur le Digeste et le Code, et de divers traités connus sous le titre de *Disputationes variæ*. Nous avons tenté vainement, en ce qui le concerne, d'établir la concordance de nos extraits. Ses écrits sont perdus, ou ne sont parvenus jusqu'à nous que par fragments, malgré la grande vogue dont ils paraissent avoir joui auprès de ses contemporains.

La Bibliothèque nationale possède, en manuscrits, deux fragments de commentaires qui lui sont attribués. L'attribution du premier, déjà reconnue par Savigny, ne fait pas de doute[2]. Le deuxième manuscrit[3], qui provient de la bibliothèque de Saint-Victor, où il portait la cote S7, est inscrit, dans les anciens catalogues de Claude de Grandrue, avec deux autres portant les cotes S8 et S9, sous le nom inconnu de Jacobus de Muneio[4]; et l'un de ces catalogues, ajoute, sous la cote S8, que ce Jacobus fut l'imitateur, *imitator,* de Pierre de Belle Perche. Jacobus de Ravanis fut, non pas l'*imitator,* mais le maître, *l'initiator,* de Pierre de Belle Perche[5]; et c'est peut-être ce que le rédacteur

est, etc., et la glose du folio 96 *b* du ms. 12452.

[1] Savigny (édit. allem.), t. V, p. 611-612. *Hist. litt. de la France,* t. XX, p. 504. Panzirolus, liv. II, c. 34.

[2] Ms. 4488, fol. 262. Repetitiones Domini Jacobi super ff veteri et super Codice.

[3] Ms. 14350. Ce manuscrit volumineux contient l'explication de nombreux titres du Digeste, du Code et des Institutes.

[4] Voir un catalogue alphabétique, Bibl. Maz., ms. H 1358; une copie de ce catalogue, Bibl. nat., ms. 14768; et un Catalogue méthodique, Bibl. nat., ms. 14767.

On lit, dans ce dernier, au fol. 56 : S7. Expositio quarumdam legum per Jacobum de Muneio. — S8. Expositio decem primorum librorum ff novi præter secundum librum, secundum Jacobum de Muneio qui fuit imitator Petri de Bella Pertica. — S9. Expositio secundum Jacobum de Muneio, etc. Nous avons recherché, sans succès, les anciens mss. de Saint-Victor S8 et S9, à la Bibliothèque nationale et aux bibliothèques Mazarine, Sainte-Geneviève, et de l'Arsenal.

[5] Les transcriptions de C. de Grandrue ne sont pas toutes bonnes. C'est ainsi que l'on trouve, sur un des feuillets restés en blanc du manuscrit, une table qui paraît

du catalogue a voulu dire. Oudin, dans la notice qu'il consacre à Belle Perche, mentionne précisément le manuscrit Sg de Saint-Victor, comme contenant des ouvrages de cet auteur et de son maître Jacobus[1].

Guillaume de Paris donne deux fragments de Jacobus. L'un, qui est assez étendu, est un petit traité des exceptions qui peuvent être opposées à la représentation par procureur[2]. L'autre, moins important, concerne l'exécution des jugements[3]. Ils abondent en distinctions qui donnent une idée de la manière de Jacobus[4], et justifient assez bien l'opinion d'après laquelle il aurait été l'un des premiers, sinon le premier maître ayant appliqué les formes de la dialectique scholastique à l'enseignement du droit[5].

Dans nos recherches pour la concordance de ces extraits, nous avons comparé le fragment concernant les exceptions, avec un petit traité sur le même sujet, d'un certain Simon de Paris, que Savigny signale comme un des auteurs inconnus qui ont été mis à contribution par Jacobus; et il semble bien que l'extrait de Jacobus ne soit qu'un abrégé du traité de Simon, qu'il reproduit même textuellement dans quelques parties[6].

être de sa main, et dans laquelle le titre des Institutes, de pupillari substitutione (liv. II, tit. xvi) est écrit : *de cupilari institutione.*

[1] Oudin. *Commentarius de scriptoribus ecclesie antiquis*, t. III, p. 754 : Opera porro, tam magistri Jacobi prefati quam discipuli Petri de Bella Pertica, extant mss., simul in bibliotheca celebri canonicorum regularium Sancti Victoris Parisiensis, littera Sg.

[2] Fol. 56 *b*. Item alie exceptiones seu objectiones contra procuratoria et ad ipsas solutiones breviores et utiliores, ut mihi videtur, secundum dominum Jacobum de Raveigni.

[3] Fol. 110 *b*.

[4] On en jugera par les premières lignes de l'extrait, fol. 110 *b*. Secundum leges vero sic distingue. Aut sunt ordinarii, aut delegati. Aut omnes sunt presentes, aut quidam presentes et quidam absentes. Si aliqui sunt absentes, tunc..... Si autem omnes sunt presentes, aut sunt pares aut impares. Si pares, etc.

[5] Primus, quæ a majoribus simpliciter tradita fuerant, ad dialecticum arguendi modum deducit, maximeque logicorum regulis est delectatus. Panzirolus, liv. II, c. 34.

[6] Cet opuscule se trouve dans le ms. de la Bibl. nat. n° 4489, fol. 100 : Forma opponendi contra procuratoria secundum Symonen.

Roffredus [1]. — C'est Roffredus Epiphanii, dit aussi Beneventanus. Il est l'auteur d'un traité, *De libellis et ordine judiciorum,* considérable par son étendue, et précieux par sa valeur pratique, malgré le défaut de méthode qui le caractérise. Il ne figure, dans notre recueil, qu'aux chapitres qui concernent la procédure criminelle, mais il y occupe une grande place. Roffredus a traité cette matière, et spécialement la procédure d'inquisition, avec assez de sûreté et d'ampleur, pour qu'il ait fourni à Guillaume de Paris les principaux éléments de sa compilation dans cette partie, ainsi qu'on le verra par les extraits que nous en donnons plus loin.

Johannes de Deo [2]. — Ce canoniste a composé un grand nombre d'écrits. Les extraits signés de son nom, d'ailleurs assez rares, que nous avons relevés, sont tirés de son traité sur la procédure connu sous le titre de *Liber judicum,* qui n'a pas été imprimé, mais dont plusieurs manuscrits nous ont été conservés [3].

Ægidius [4]. — C'est encore un écrit sur la procédure, un *Ordo judiciarius,* qu'a composé cet Ægidius, qu'on distingue sous le nom d'Ægidius de Fuscarariis. Fabricius indique une édition de cet ouvrage publiée à Bologne en 1572, qui doit être assez rare. Nous ne l'avons pas eue entre les mains ; mais nous avons consulté un bon manuscrit de la Bibliothèque nationale [5]. C'est un traité sommaire de la procé-

---

[1] Sarti, t. I, p. 118 ; Savigny, t. IV, p. 124 ; Schulte, t. II, p. 75 ; Bethmann-Hollweg, t. III, 1ʳᵉ part., p. 35.

[2] Sarti, p. 349 ; Savigny, t. IV, p. 175 ; Schulte, p. 94 ; Bethmann-Hollweg, t. VI, 1ʳᵉ part., p. 156.

[3] Nous avons établi notre collation sur le ms., Bibl. nat. 16547 (fol. 1 à 40) : Incipit Liber judicum, a magistro Johanne de Deo compilatus. Comp. fol. 14 *b*, circa positiones faciendas sic procedas, etc., et notre ms., fol. 77 *b*.

[4] Sarti, p. 368 et suiv. ; Schulte, t. II,

p. 139 ; Bethmann-Hollweg, t. III, 1ʳᵉ part., p. 137. Ægidius est le premier laïque qui enseigna le droit canon à Bologne : Primum qui ex laicis hominibus jus canonicum in nostra Academia interpretatus sit, Ægidium Fuscararium reperio (Sarti, p. 368).

[5] Bibl. nat., ms. 3977, fol. 258 : Incipit Summa Gilii de Fuscarariis, Bononiensis, doctoris decretorum, de ordine judiciorum et causis ordinandis et contractibus conficiendis. In nomine domini Jhesu Christi, amen. Ego Gilius de Fuscariis,

dure civile et criminelle dans les tribunaux laïques et les officialités, qui contient un grand nombre de formules. Guillaume de Paris lui emprunte précisément deux formules dans une cause matrimoniale [1].

Martinus de Fano [2]. — Notre recueil donne, sous le nom de ce légiste, une autre formule qui est celle d'un libelle d'avocat pour le payement de ses honoraires [3]. Elle est, sans doute, tirée d'un ouvrage de procédure de Martinus, qui est signalé par André, dans ses notes sur le *Speculum,* comme contenant des libelles pour toutes les actions [4], et dont un manuscrit existe, d'après les indications de Savigny, à la bibliothèque du Vatican [5].

Guillaume de Paris attribue encore à Martinus de Fano un traité dont il donne plusieurs extraits, et qu'il désigne invariablement par la mention, *In Summa quo dicitur ut nos minores.* Mais André, qui signale aussi cet écrit, suppose qu'il a été composé par un Français dont le nom lui est demeuré inconnu [6]; et cette hypothèse paraît avoir été confirmée récemment par la découverte d'un manuscrit de Cambridge qui en fait expressément l'attribution à un magister Arnolphus, chanoine de Paris [7].

civis Bonionensis, doctor decretorum, licet indignus, ad instantiam quorumdam meorum scholarium, etc.

[1] Voir fol. 63 *b,* Libellus super carnali matrimonio, conforme à ms. 3977, fol. 262 *b.*

[2] Sarti, p. 132; Savigny (édit. allem.), t. V, p. 489.

[3] Fol. 63 *b,* Libellus advocati contra clientulum suum pro suo salario.

[4] Composuit etiam aliud opus, in quo in singulis actionibus ponit instrumenta brevissima, quibus conjungit brevissimos libellos, quod opus etiam brevibus glossis ornavit, et incipit pars hic agens : Ego quidem Martinus confiteor, et verum est. (Addit. au *Speculam,* préamb.)

[5] C'est, d'après cet auteur (édit. allem., t. V, p. 489), le ms: 571 du Vatican, fol. 32-59 : Incipit formularium a Martino de Fano super contractibus et libellis sepius accidentibus compilatum.

[6] Habemus quatuor hujus rei opera, et auctorum nomina ignoramus : opus scilicet quod incipit, *ut nos minores,* quæ verba in progressu sæpius repetuntur; et in quantum ex contextu percipere potui, Gallicus fuit auctor ejus, et post tempora Innocentii quarti; fuit etiam juris utriusque peritus. Inchoavit autem distinguendo decem tempora causarum. (Addit. au *Speculum,* préamb.)

[7] Ce ms. a été décrit, pour la première fois, par Wunderlich. Deux autres, dont

Guillaume varie d'ailleurs lui-même dans la désignation de l'auteur de ce traité; car, après avoir nommé, dans trois passages, Martinus de Fano en cette qualité[1], il donne, dans un quatrième, l'indication de Johannes de Fano, qui ne correspond à aucun jurisconsulte connu de son temps[2].

Bagarotus[3]. — Cet auteur est encore un légiste; notre manuscrit lui donne le titre de professor juris civilis. Les deux ouvrages que nous avons de lui, ou dont nous avons du moins conservé des fragments, ont été connus, l'un et l'autre, de Guillaume de Paris, car il donne des extraits du premier, et il fait allusion au second, quoiqu'il ne l'ait pas utilisé.

Le premier porte le titre de *Cavillationes*. C'est un traité dans lequel sont énumérées toutes les exceptions qui peuvent retarder la marche d'un procès. André, qui cite cet ouvrage par les premiers mots de sa préface, l'appelle simplement un *libellus*, sans autre indication, et il donne le titre de *Cavillationes* à un autre traité dont il laisse l'attribution incertaine entre Bagarotus et Ubertus de Bonacurso[4]. Mais Savigny avait déjà révoqué en doute l'exactitude de ces indications; et

---

l'un incomplet, existent encore à Bâle et à Darmstadt. (Bethmann-Hollweg, t. III, 1re part., p. 140.)

[1] Fol. 114 b, Martinus de Fana in Summa quo dicitur *ut nos minores;* — fol. 124, col. 3, secundum Martinum de Fana in Summa quo dicitur *ut nos minores;* et col. 4, Martinus de Fana in Summa *ut nos minores.*

[2] Fol. 114 a, magister Johannes de Fana in Summa sua quo dicitur, *ut nos minores.* Quoiqu'il semble bien résulter de là que les indications de Guillaume de Paris doivent être erronées, elles n'en fournissent pas moins, pour la discussion du nom et de l'origine de l'auteur

de cet ouvrage, un élément nouveau qui ne saurait être entièrement négligé. Il conviendrait dans tous les cas, avant de les rejeter définitivement, de comparer les extraits de notre manuscrit avec les manuscrits mêmes de ce traité.

[3] Savigny, édit. allem., t. V, p. 137 et suiv.; Bethmann-Hollweg, t. III, 1re part., p. 48 et 52.

[4] Cet ouvrage, généralement attribué à Ubertus de Bonacurso, et qui a pour titre véritable, *De præludiis causarum,* a eu plusieurs éditions (Lyon, 1522, 1533, 1543; Cologne 1583). Un manuscrit en existe à la Bibliothèque nationale, fonds Saint-Germain, n° 1368.

notre *Formulaire* démontre que le nom de *Cavillationes* appartenait bien au premier de ces deux écrits. Il emprunte en effet à l'ouvrage signalé par André sous le nom de *libellus,* divers passages, et notamment le commencement, relatif aux exceptions à opposer à l'accusation, en mentionnant expressément que cet extrait est emprunté à Bagarotus dans son traité des *Cavillationes,* in tractatu Cavillationum suarum[1]. Cet ouvrage dont il existe plusieurs manuscrits, a été édité, en partie, dans le *Tractatus universi juris,* sous le titre *De exceptionibus dilatoriis*[2].

Bagarotus a composé un autre traité, *De reprobationibus testium,* qui est aussi reproduit dans cette grande collection[3]. C'est sans doute à cet écrit que Guillaume de Paris fait allusion, dans son chapitre de reprobatione testium; mais il se borne à le citer sans lui faire aucun emprunt. Il avoue d'ailleurs ne pas bien comprendre ici l'auteur, auquel il reproche d'être diffus, et il en déconseille l'emploi en cette matière[4].

[1] Fol. 26, 3ᵉ col. : Dominus Bagarotus, professor juris civilis, in tractatu Cavillationum suarum, in principio, de hiis qui prohibentur accusare, vel ab accusando, dicit sic.

[2] T. III, part. 2, fol. 128. La Bibliothèque nationale possède trois fragments de ce traité : ms. 3969, Incipiunt Cavillationes domini Bagaroti; — ms. 4603, Quædam cautelæ Bagaroti juris professoris; — ms. 4604, De exceptionibus a magistro Bagaroto editis. Les deux derniers numéros sont les plus complets; la fin de l'ouvrage manque cependant. Elle manque également dans l'édition du *Tractatus.* Le préambule commence dans le ms. 4604, par les mots, Precibus et instantia congruenti nobilissimi domini mei et compatris Bosmundi (Jacii dans le *Tractatus*), Parisiensis archidiaconi, etc. — Comp. notre ms., fol. 26, 3ᵉ col , avec l'édition du *Tractatus,* n°ˢ 5 et suiv. Voir encore d'autres extraits dans notre ms., fol. 55 *a,* de procuratore; 76 *b,* de reprobatione positionum; 117 *b,* de appellationibus.

[3] T. IV, fol. 298, De reprobationibus testium. — On trouve, à la page 73 du même volume, un autre petit traité, De testibus et eorum reprobatione, de Jacobus Ægidius, qui n'est, pour la plus grande partie, qu'une reproduction de celui de Bagarotus.

[4] Fol. 87b. Que cavillationes possunt fieri circa testes, secundum quod composuit dominus Bagarotus, hic non insero, quia diffusissime sunt et male intelligibiles, maxime apud me, et licet forte juris sint omnino, tamen credo quod non approbaretur, sed potius reprobaretur, qui hodie eas opponeret seu exponeret. Dicit tamen quod testis est veritatis auctor, operarum detector, etc. Nous ne retrouvons pas ces

- *Petrus de Sampsone*[1]. — Ce canoniste a composé, avec une somme et des leçons sur les Décrétales d'Innocent IV, un traité qui figure dans le catalogue des livres prêtés par les stationarii aux élèves de l'Université de Bologne sous le titre de *Distinctiones*, et dont il existe plusieurs manuscrits[2]. Les manuscrits de ces ouvrages sont confondus tous ensemble dans la notice de la *France littéraire* concernant cet auteur; ce qui s'explique par les points de ressemblance qu'ils présentent dans la forme, les *Distinctiones* consistant, comme la somme et les leçons, en commentaires sur les titres des Décrétales. Guillaume de Paris emprunte à ce traité un extrait qui justifie bien son titre par les distinctions et les sous-distinctions qu'il contient[3].

Bartholomeus Brixiensis[4]. — Notre *Formulaire* donne plusieurs extraits des *Brocarda* ou *Brocardica* de cet auteur[5]. C'est un petit recueil des règles de droit les plus communément reçues dans l'enseignement, qui n'est qu'un remaniement de l'ouvrage du même nom dû à Damasus. Le remaniement n'a du reste consisté que dans l'établissement de la concordance des citations, faites par Damasus d'après les anciens recueils, avec le recueil nouveau des Décrétales de Grégoire IX. C'est

---

derniers mots dans le *Tractatus;* ils faisaient, sans doute, partie de la préface qui a pu être changée.

[1] *Histoire littéraire de la France*, t. XXI, p. 231; Sarti, t. I, p. 366; Schulte, t. II, p. 108.

[2] La Bibliothèque nationale en possède un, sous le n° 4248, fol. 43 à 82 : Rex Pacificus, quondam propter contrarietatem, quondam propter similitudinem, etc.

[3] Ms., fol. 18 *b* : Secundum P. de Sampsone, in hac materia, sic distingue : nam sententia aut nulla est, aut injusta, aut annulanda. Si sententia nulla est, utpote lata a non suo judici, etc. Con-

forme au ms. 4248, fol. 51 *b*. Ce passage est reproduit aussi par Guillaume Durant, De executione sententie, liv. II, part. 2, § 2, n° 5; mais il n'a pas été reconnu par André, si exact, d'ordinaire, à signaler les emprunts déguisés faits par l'auteur du *Speculum* aux jurisconsultes qui l'ont précédé.

[4] Schulte, t. II, p. 83; Savigny (édit. allem.), t. V, p. 123.

[5] Il y a plusieurs éditions anciennes des *Brocarda, Brocardica* ou *Burchardica* (voir notamment Bibl. nat., E 4053, petit in-8° de 100 fol., Cologne, 1564). Ils ont été aussi réédités dans le *Tractatus universi juris*, t. XVIII, p. 506.

4.

sans doute pour ce motif que Guillaume de Paris l'a utilisé de préférence à l'ouvrage original.

Martinus Polonus[1]. — Ce nom ne figure pas dans notre *Formulaire;* mais c'est celui de l'auteur d'une table du Décret et des Décrétales à laquelle Guillaume de Paris fait plusieurs emprunts et qu'il ne cite que par son titre; il la désigne sous le nom de *Martiniana super Decretalibus et Decretis.*

Martinus est surtout connu par une autre table, qui ne s'applique qu'au décret de Gratien, la *Margarita Decreti,* qui a été très répandue par les manuscrits et par l'impression[2]. Schulte cite cette table comme son unique ouvrage en ce genre, et il ajoute qu'il n'y a pas la moindre preuve que Martinus ait pu composer la *Margarita Decretalium*[3]. Il est vrai que Martinus n'est pas l'auteur de la table connue sous ce titre, qui a été éditée par Sébastien Brandt, et qui figure à la suite de plusieurs éditions des Décrétales[4]. Mais il n'est pas douteux qu'il ne soit celui de la table plus générale des Décrétales et du Décret, que Schulte paraît ne pas avoir connue, et à laquelle Guillaume de Paris a emprunté ses extraits. Cet ouvrage a été conservé dans de nombreux manuscrits[5] qui sont tous précédés d'une préface dans laquelle l'auteur se fait connaître comme étant bien le Martinus, de l'ordre des frères

[1] Fabricius, *Bibl. lat., mediæ et infimæ ætatis,* t. V, p. 41; Quétif et Échard, *Scriptores ord. Prædicator.,* t. I, p. 361; Schulte, t. II, p. 137.

[2] Bibl. nat. Réserve, E 884. *Margarita Decreti : seu tabula Martiniania edita per fratrem Martinum ordinis Prædicatorum, domini Papæ penitentiarium et capellanum.*

[3] Schulte, p. 138; comp. Stinzing, p. 127.

[4] Bibl. nat. Réserve, A 2909, *Margarita Decretalium.* Sur le verso du titre : Sebastianus Brant Nicolao Kessler civi

Basiliensi salutem. Voir sa réimpression dans les Décrétales de Grégoire IX, Paris, 1561.

[5] Bibl. nat., mss. 14607 et 14608. — Bibl. Maz., ms. 1198 : Incipit prologus in summa Martiniana Decreti et Decretalium. — Bibl. de l'Arsenal, ms. 714 : Prologus in Martinianam Decreti et Decretalium. Nous avons collationné les extraits de notre ms. (fol. 42, 43, 68, 98) avec le ms. 14608, aux mots alphabétiques correspondants. Ils sont tous conformes, sauf quelques interversions et quelques légères variantes.

Prêcheurs, chapelain du pape, qui avait déjà composé la table du
Décret. Il nous apprend lui-même que cette nouvelle table n'est que sa
table du Décret, qu'il a complétée par celle des Décrétales, soit en y
introduisant de nouveaux mots, soit en ajoutant aux mots anciens tirés
du Décret, la matière nouvelle que les Décrétales lui fournissaient[1].

La comparaison de cet ouvrage avec la *Margarita Decreti* nous
montre d'ailleurs que c'est bien là le plan que l'auteur a suivi[2]. Elle
nous fait voir aussi que ses additions sur les Décrétales ne peuvent
être confondues avec la *Margarita Decretalium* éditée par Brandt, qui
forme bien un ouvrage distinct dont l'auteur est demeuré inconnu.

IV

Après cet examen des sources, parcourons notre *Formulaire,* pour
en extraire quelques fragments.

Fol. 16 et 17. — Prologue et table des matières, suivis de la note
contenant le titre de l'ouvrage et le nom de l'auteur, et d'un avis au
lecteur. La fin de la note indique que plusieurs petits traités, concernant des objets divers, avaient été transcrits à la suite du *Formulaire,*
ou compris dans un même recueil factice. Ils en ont été séparés à une

---

[1] Ms. 14608 : Inter alia que ad fide-
lium Christi doctrinam scripta, jus canonicum ad ipsorum doctrinam et consola-
tionem scriptum reperitur..... Et quia
tam utilis doctrina quam plurimum in Decreto et Decretalibus diffusa cognoscitur,
Ego frater Martinus, ordinis Predicatorum,
domini Pape penitenciarius et capellanus,
pro ipsius faciliori inventione et ad meam
potissime utilitatem, dictiones horum librorum, cum suis significationibus, secundum ordinem alphabeti, cum multa
diligentia et labore, studui compilare. Et
ubique eadem materia occurrebat in Decretalibus que in Decreta, capitula illa
Decretalium capitulis Decreti adjunxi, post
articulos Decreti articulos Decretalium
supponendo. . . . Et ad faciliorem inven-
tionem, in Decretalium articulis, non
solum numerum librorum Decretalium,
verum etiam numerum titulorum posui,
etc.

[2] Voir notamment le mot Constitutio
du ms. 13608. Les dix premiers paragraphes sont conformes au même mot
de la *Margarita Decreti.* Les quinze suivants sont empruntés aux Décrétales ; mais
ils ne concordent nullement avec le mot
Constitutiones de la *Margarita Decretalium.*

époque que nous ne pouvons déterminer, et le manuscrit ne contient aujourd'hui que le *Formulaire*. L'écriture de la note est, comme nous l'avons déjà remarqué, un peu différente de celle de la table; et celle de l'avis au lecteur est encore d'une autre main.

PROLOGUS HUJUS LIBRI.

Cupide juventuti sciendi practicam juris canonici et civilis, zelator ejusdem, cum sui recommendatione et emendatione, hunc libellum qui ad communem utilitatem utriusque, in quatuordecim partes principales utiliter est divisus.

Prima pars principalis est, de judicibus, quando et quibus personis et qualiter vices suas possint committere. Et de recusationibus eorumdem. Et hæc pars sub se continet quatuordecim rubricellas.

Prima est, de judice ordinario, ipsius officio et potestate;

Secunda, de officio et potestate judicis delegati;

Tertia, de legato cardinali et ejus officio;

Quarta, de conservatoribus;

Quinta, de officio vicarii, vel potius hodie ballivi, et de officialibus episcoporum et eorum jurisdictione;

Sexta, de auditoribus;

Septima, de arbitris;

Octava, de assessoribus et eorum officiis;

Nona, de exequtoribus. Et in ista rubricella multa bona notabilia continentur que fatiunt ad materiam;

Decima, de officio judicis in titulo generali;

Undecima, de commissione jurisdictionis;

Duodecima, de recusationibus judicis et de appellationibus, titulo de appellationibus;

Decima tertia, de relationibus;

Quarta decima, de remissionibus. In qua etiam continentur x questiones secundum Guillelmum Duranti valde ad precedentes materies pertinentes.

Secunda pars principalis est, de citationibus seu ad juditium evocationibus. Qualiter et ubi reus sit citandus. Et de actoris et rei contumaciis puniendis. Et continet similiter sub se quatuordecim rubricellas.

Prima est, de citationibus et de multiplici forma earumdem a quibuscunque judicibus. Necnon et de monitionibus tam ordinariorum quam etiam conservatorum;

Secunda est, de foro competenti, id est cujus juditium actor adire debet;

Tertia, de actoris et rei contumaciis puniendis et qualiter procedetur contra contumacem si causa fuerit criminalis;

Quarta, de notorio et manifesto;

Quinta, de accusationibus;

Sexta, de inquisitionibus;

Septima, de denunciationibus;

Octava, de objectione criminum, et quem effectum habeat crimen probatum per modum exceptionis oppositum vel objectum;

Nona, de effectibus accusationis, inquisitionis, denunciationis, et exceptionis, et que eas precedunt;

Decima, de purgatione criminum;

Undecima, qualiter procedatur contra contumacem, si causa sit civilis;

XII^a, qualiter procedatur contra contumacem, si causa sit spiritualis, mixta, vel coherens;

XIII^a, de primo et secundo decreto;

XIV^a, de sententia excommunicationis et multiplici forma ejusdem, et de absolutionibus et formis ipsarum.

Tertia pars principalis est, de hiis qui per se vel per alium possunt in juditio comparere. Et vii sub se continet rubricellas.

Prima est, de actore;

Secunda, de reo;

Tercia, de prelato;

Quarta, de tutore et curatore;

Quinta, de accusatore et accusato;

Sexta, de advocatis;

Septima, de procuratore, syndico, curatore, yconomo, procuratore seu tutore. Et in ista vii^a multa bona continentur a Guillelmo Duranti.

Quarta pars principalis est, de exceptionibus. Et continet sub se xii rubricellas.

Prima est, de exceptione et ejus materia;

Secunda, de replicacionibus;

Tercia, de exceptionibus contra personam actoris;

Quarta, de exceptionibus contra tutorem et curatorem;

Quinta, de exceptionibus contra negociorum gestorem;

Sexta, de exceptionibus tam contra generalem formam procurationis quam etiam specialem; et est notabilis materia;

Septima, de exceptionibus contra excusatores;

Octava, de exceptionibus contra judices;
Nona, de exceptionibus contra assessores;
Decima, de exceptionibus contra auditores;
Undecima, de exceptionibus contra actorem secundum jura canonica;
Duodecima, de exceptionibus temporum.

Quinta pars principalis est, de libellorum conceptione seu confectione. Et continet in se novem rubricellas.

Prima est, de materia libellorum et ipsorum impugnatione;
Secunda, de libellorum formatione, que continet in se formas multiplices libellorum;
Tercia, de restitutione spoliatorum;
Quarta, de satisdationibus ab actore et reo et eorum procuratoribus procurandis;
Quinta, de dilationibus et induciis;
Sexta, de feriis;
Septima, de reconventionibus seu mutuis petitionibus;
Octava, de ordine cognitionum et de questionibus in juditio faciendis, et quale jus in eis debeat observari;
Nona, de interrogationibus que fiunt ante litis contestationem.

Sexta pars principalis est, de litis contestatione, et in se continet has rubricas.

Prima est, de materia sui ipsius;
Secunda, de protestatione, et in quibus casibus habeatur taciturnitas pro confessione et in quibus non.

Septima pars principalis est, de juramento calumpniæ. Et continet in se quatuor rubricellas.

Prima est, de materia sui ipsius;
Secunda, de jurejurando;
Tertia, de positionibus et de interrogationibus post litis contestationem;
Quarta, de negativa juris, facti et qualitatis.

Octava pars principalis est, de confessis in jure.

Nona pars principalis est, de probationibus facti. Et in se continet tresdecim rubricellas.

Prima est, sui ipsius materia;
Secunda, de testibus;

Tercia, qualiter et quando testes sunt recipiendi;
Quarta, de numero testium in qualibet causa;
Quinta, de juramento testium;
Sexta, de publicatione testium;
Septima, de contrarietate testium, et quibus fides sit adhibenda, et quanta;
Octava, de reprobatione testium;
Nona, de examinatione testium;
Decima, de testibus cogendis;
Undecima, de fide instrumentorum et impugnatione eorumdum;
Duodecima, de presumptionibus;
Terciadecima, de fama et manifesto.

Decima pars principalis est, de probationibus juris. Et in se continet sex rubricas.

Prima est, de allegationibus, et quid sit allegatio;
Secunda, de lege;
Tertia, de canone;
Quarta, de constitutionibus;
Quinta, de consuetudine;
Sexta, de prescriptionibus et usucapionibus.

Undecima pars principalis est, de expensis, dampnis interesse, et penis. Et qualiter concludatur, tam in causa principali quam in causa appellacionis. Et quodlibet membrum faciet se rubricam.

Duodecima pars principalis est, de sententia et re judicata, seu de diffinitiva sententia. Et in se continet tres rubricas.

Prima est, de sententia ipso jure nulla;
Secunda, quibus remediis vel qualiter sublevetur sententia vel relevetur;
Tercia, de exequtione sententie et formis ejusdem.

Decima tercia pars principalis est, de appellationibus et formis multiplicibus earumdem.

Quarta decima pars et ultima principalis hujus libri est, de restitutione in integrum, quæ sub se continet unicam rubricellam, scilicet :

De dispensationibus et formis multiplicibus earumdem.

Et est sciendum quod in fine cujuslibet tituli vel rubrice precedentium vel

5

etiam subsequentium, dum tamen ille titulus vel rubrica in corpore Decretalium sint contenti, multa bona notabilia, a domino Innocentio dicta et in suis scriptis relicta, et ab eisdem scriptis per dominum Guidonem de Collemedio extracta, in hoc tractatu utiliter inseruntur sub paragraphis qui incipiunt, *in summa nota.*

Et sic hic deberet finiri seu terminari probabiliter hic tractatus.

Verum, quia ad precedentia et propter illa non modicum sunt necessarie multe forme et varie litterarum, ideo non imprudenter, ut credo, stilum diversarum litterarum in curia Parisiensis episcopi, secundum solitum cursum et usum super eisdem in eadem curia hactenus laudabiliter approbatum, huic tractatui, antequam finem capiat, adjungere dignum duxi.

Stilus litterarum secundum juris ordinem et solitum cursum in Parisiensi curia nunc et diutius observatum. Qui bene et sufficienter dividitur in partes quatuor principales.

Prima pars continet x partes.

In prima, tractatur de formis citationum et monitionum, tam ab ordinariis quam delegatis, quam etiam conservatoribus;

Secunda, de formis sententiarum excommunicationis, de formis captionis rerum et detentionis corporis excommunicati, latis a quibuscunque quacunque auctoritate fungentibus;

Tercia, de formis mittendi in possessionem, tam ex primo quam ex secundo decreto;

Quarta, de forma cessionis bonorum;

Quinta, de formis multiplicibus absolutionum;

VIª, de formis compromissorum seu arbitriorum;

VIIª, de multiplici forma procuratoriorum;

VIIIª, de multiplici forma instrumentorum super datione tutorum et curatorum;

IXª, de forma revocationis mandati;

Xª, de forma littere ratihabitationis que emittitur a cavente, quando actor vel reus non comparent in juditio per se vel per procuratorem, sed alius se offert deffensioni eorum;

XIª, de forma littere quando scilicet aliquis suscipit in se onus littis pro alio.

Secunda pars principalis continet in se omnia et singula memorialia que contingit fieri, ab ipso littis exordio, et ab ipsa prima die qua primo partes comparent sufficienter in juditio discepture, usque ad diffinitivam sententiam exclusive.

.Tercia pars principalis quatuor particulas habet,

Prima est, de formis sententiarum diffinitivarum a quibuscunque judicibus, conservatoribus, seu arbitris privilegiorum;

Secunda, de formis multiplicibus appellationum;

Tercia, de formis restitutionum in integrum;

Quarta, de formis multiplicibus dispensationum.

Quarta pars principalis continet formas cartarum seu instrumentorum super diversis et variis contractibus et super aliis titulis necessariis et utilibus, xviii scilicet qui sequuntur.

Primo, de precario;

Secundo, de commodato;

Tercio, de deposito;

Quarto, de emptione et venditione;

Quinto, de locato et conducto;

VI°, forme super rerum permutationibus seu escambiis, et potius de rerum permutatione;

VII°, de formis impignorationum seu aliarum cautionum, vel quod hodie vulgariter dicitur obligationum. Et in hoc titulo comprehendentur tituli de fidejussoribus, de pactis et transactionibus;

VIII°, de formis solutionum seu quittationum et de solutionibus;

IX°, de emphitheosi seu melioratione, quod idem est, et de formis admodiationum, tam in parte dantis quam in parte recipientis;

X°, de donationibus in titulo generali;

XI°, de donationibus inter virum et uxorem et de donationibus inter vivos;

XII°, de usu et habitatione et usufructu;

XIII°, de donationibus causa mortis;

XIIII°, de formis testamentorum et aliarum ultimarum voluntatum;

XV°, de formis manumissionum, tam in parte manumittentis quam in parte manumissi;

XVI°, de forma emancipationis;

XVII°, de forma presentationis ad beneficium ecclesiasticum;

XVIII°, et ultimo, de injuriis et dampno dato. Et a titulo de precario, super quolibet titulo subsequenti usque hoc inclusive, de libellis et materiis eorumdem.

Item, de usuris.

Item, de decimis. Libellus hujusmodi verius hic finitur. Quod sequitur, alius est tractatus.

Item, de confessione in foro penitentie seu in foro anime. Item, de viciis in ea recitandis.

5.

Et sic hiis per Dei gratiam feliciter adimpletis, finitur Formularius Guillermi de Parisius, dictus Presbyter, clericus. Deo gratias.

Item, et predictis adduntur : Breviarium magistri Bernardi ad omnes materias in jure canonico inveniendas, sive questiones ejusdem.

Item, Questiones Albani super jure civili.

Item, Brocarda magistri Bartholomæi Brixiensis super jure canonico.

Item, Flores auctorum metrificati.

Item, De observatione diete et continentia corporis, secundum Aristotelem.

Item, Liber Avicenne, in gallico.

Quum totus iste tractatus editus est et confectus ad instructionem tabellionum et notariorum, et maxime pro eisdem, ideo, quis sit tabellio, quis notarius, quis potest illos constituere, quid sit eorum officium, quid sit puplicum instrumentum, que sint necessaria ad hoc, quid dicatur puplicum, quid privatum, quid originale, quid exemplatum utrumque, qualiter debeat puplicari, et alia multa bona quæ circa has materias possent notari, vide ad plenum, in titulis de probationibus, de testibus, et maxime in titulo de fide instrumentorum, et specialius et satis melius, inferius, titulo de cartis et instrumentis...

V

Fol. xviii, 4ᵉ col. et xix.[b]. C'est le passage sur la question que nous avons analysé plus haut. Il commence (fol. xviii, 4ᵉ col. *in fine*) par un modèle de citation en matière criminelle. Nous le faisons précéder de la formule de citation en matière civile (en tête de la même colonne) dans laquelle l'auteur a marqué le jour où il a commencé son manuscrit.

Si judex ordinarius, tunc secundum stilum curie Parisiensis et cotidianum usum ejusdem, forma citationis talis erit : Officialis curie Parisiensis presbitero tali, salutem in domino. Vobis mandamus quatinus citetis talem, ad talem diem, coram nobis, tali responsurum. Datum, anno Domini m° cc° octogesimo nono, die lune ante Conversionem sancti Pauli, quo incepi istum librum.

In criminalibus autem causis forma citationis talis est : Vobis districte precipimus et mandamus quatinus, ad domum talem, vel ubi consuevit morari magis, vel ubi debet habere majorem partem bonorum suorum, vel ad talem locum ubi major pars parentum et consanguineorum suorum morari dicitur, principaliter accedentes, citetis eundem peremptorie et principaliter, Parisius, coram nobis, tali die, nobis ad objicienda responsurum, et sufficienter se purgaturum, coram nobis, super hoc quod dicitur insultum fecisse in B. et, una cum complicibus suis talibus, domum suam vi introisse, animo injuriandi eidem et male pertractandi eundem, eidem minas quamplurimas et atroces injurias inferendo; vel quod pejus est, super hoc quod dicitur eundem letaliter vulnerasse vel eum occidisse; necnon et assecuraturum eundem, et hoc quantum ad clausulam de minis. Cum intimatione quod, sive venerit, sive non, nos contra eum, prout de jure poterimus, rigidius procedemus[1]. Si vero non venerit, iterato citabitur ut prius, et comminabitur. Et si nec tunc venerit, excommunicabitur, et si per paucos dies excommunicationem sustinuerit, bannietur. Sed pro bono tibi consulo quod, si tu culpabilis fueris, praesertim de letali vulnere, vel de homicidio, quantumcunque magnus fueris, loquplex, et amicis suffultus, non venias, ne forte detinearis et redire nescias quia non poteris; sed prius, humiliter, et cum cordis contritione, sustine excommunicationem etiam et bannitionem; bone sunt enim claves camporum et camere avium; et frequenter occurrunt nova remedia, et fortuna tibi poterit arridere. Si vero non fueris culpabilis, et certus sis quod contra te aliquatenus factum probari non poterit, tunc, precedentibus amicis tuis maximis et fortissimis, intercessoribus erga officiales curie de curiali carcere habendo, et maxime de fideli promissione habenda quod non eris suppositus ad tormenta. Verumptamen tibi dico, de consuetudine curie Parisiensis, non subjiciuntur tormentis, nisi notorii et manifesti enormes et factis enormibus se puplice immiscentes, et qui super talibus apud bonos et graves sunt puplice et notorie diffamati. Et tunc, intra in nomine Domini, et comede ibi panem doloris et bibe potum tristitie et timoris. Require tamen officialem quod ipse festinet ad tuam deliberationem et quod summarie cognoscat de tuo impedimento, et citet coram se, ex officio suo, omnes qui te sibi imputaverunt et quos tu habes suspectos quod tibi imposuerint crimen istud, ut veniant, vel ut cessent contra te deferre vel te accusare. Quod faciet officialis, et ad hoc tenetur. Et erit forma citationis talis : Tali et omnibus, etc. Vobis mandamus quatinus citetis peremptorie et principaliter, Parisius, coram nobis, tali die, talem et omnes alios quos lator presentium duxerit nominandos, proposituros, denonciaturos vel delaturos, aut etiam accusaturos talem clericum, si sua crediderint interesse, qui se sponte nostro se optulit carceri et quem tenemus carceri mancipatum, super eo videlicet quod imponitur eidem, quod fecerit vel procuraverit talem interfici. Cum intimatione quod nisi aliquis propositor, denunciator, delator, aut etiam accusator, coram

---

[1] Maxime cum super permissis contra ipsum puplica laborat infamia, vel est apud bones et graves puplice et notorie diffamatu.

nobis comparuerit contra ipsum, nos ad ejus expeditionem et deliberationem procedemus, ut jus erit, super facto hujusmodi. Et si tu es amicus de curia vel favorabilis, poterit addici, in isto primo citato, hæc clausula : nec aliquem contra ipsum ad ipsius denuntiationem, delationem aut accusationem, de cetero, ulterius audiemus. Datum, etc. Si vero non venerint, tu habebis litteram, Si citastis tales; et fiet mentio de omnibus clericis in citatione, proximo posita, positis. Certe, istam litteram, Si citastis, si sis detentus in carcere, cum sumptibus tuis maximis sepissime habebis; nec adhuc deliberaberis, quantoscunque amicos habueris et factum tuum lucidissimum fuerit. Cave tibi de intrando in carcere, et pro sapiente habeberis.

VI

Fol. xxii, 4ᵉ col. *in fine*. — C'est la formule d'un monitoire que l'auteur déclare avoir lui-même autrefois écrit, de sa main, du temps de l'official Garnier.

Item semel me recolo, ad mandatum venerabilis viri Garnerii, quondam officialis Parisiensis, talem monitionem scripsisse.

Officialis, etc. Ex parte abbatis Fossatensis, intelleximus quod nonnulli, sue salutis immemores, quamplura bona fratris talis, quondam prioris de tali loco, qui prioratus est membrum ecclesie Fossatensis, ad ipsum abbatem et prioratum pertinentia, celare, detinere, ac occupare presumunt, in animarum suarum periculum et ipsorum abbatis et prioratus dampnum, prejudicium et gravamen. Unde, vobis mandamus quatinus, tribus diebus dominicis vel festivis, in ecclesiis vestris, moneatis puplice hujusmodi detentores, celatores et occupatores, et omnes qui aliquid inde sciunt, et eos vocetis excommunicandos nisi, infra viii dies post monitionem trinam sive vocationem, ad emendationem venerint, et ipsi abbati satisfecerint competenter, aut quod inde sciunt dicto abbati duxerint revelandum. Alioquin, ipsos quos, viii diebus elapsis post trinam monitionem, in hiis scriptis excommunicamus, excommunicatos a nobis, in ecclesiis vestris, puplice nuncietis. Datum.

VII

Fol. xxiv (2ᵉ col. *in fine* à xxxiii *b*). — Ce fragment comprend toute la procédure criminelle. Nous le publions en entier, malgré son étendue, à cause de l'importance de la matière, qu'il embrasse dans son ensemble, et aussi parce qu'il donne un spécimen assez complet du procédé de composition de notre auteur.

Il comprend les chapitres iv à x de la deuxième partie, en entier, et un fragment détaché du chapitre précédent, par lequel il commence. Les chapitres iv à x traitent successivement, et dans un exposé méthodique, des délits notoires, des procédures d'accusation, d'inquisition, de dénonciation, d'exception, des effets de ces diverses procédures, et enfin de la purgation canonique. Le fragment détaché du chapitre iii traite de la manière de procéder contre un accusé contumace.

Les auteurs qui ont été utilisés par Guillaume de Paris, dans cette partie, sont d'abord, comme dans tous le cours de l'ouvrage, Goffredus, Tancrède et Guillaume Durant. Nous les nommons ici, dans l'ordre de l'importance de leurs extraits. Le plus grand nombre est fourni par Goffredus; Tancrède vient après; la part la moins importante est faite à Guillaume Durant. A côté d'eux prennent place, Roffredus, Bagarotus, et Innocent IV. Ce dernier ne figure qu'aux chapitres des délits notoires, par une note, d'ailleurs d'une assez grande étendue, qui résume un chapitre de l'Apparat. Bagarotus fournit, au chapitre de l'accusation, une contribution importante; c'est à son traité des *Cavillations* qu'ont été empruntés les divers paragraphes qui énumèrent les cas dans lesquels une accusation n'est pas reçue en justice, soit à raison de la personne de l'accusateur ou de l'accusé, soit à raison du juge, de la cause ou du temps.

Roffredus figure, par quelques extraits, dans les chapitres de l'accusation, de l'exception et de la purgation; il a une part importante dans celui de la dénonciation; et il fournit, à lui seul, la matière des deux tiers environ du chapitre de l'inquisition.

On sait que la procédure d'inquisition a été introduite, dans le droit canonique, par Innocent III. Roffredus a, l'un des premiers, après les travaux des glossateurs, traité ce sujet, d'ensemble, dans un remaniement assez complet de la matière. Il n'y a donc pas lieu de s'étonner que ce soit à lui que Guillaume de Paris ait fait ici les plus larges emprunts. Ils auraient été plus considérables encore si Roffredus n'était trop légiste à son gré : De hac materia et de materia accusationis multa alia et infinita bona dixit dominus Raufredus, in Summa sua; sed diffusissimus est, et multum legalis; ideo non insero.

Roffredus est un légiste en effet; et il a, contre le droit canonique et ses interprètes, des préventions dont on trouve ici même, à deux reprises, la naïve expression. C'est ainsi qu'après un passage, dans lequel il s'applique à faire remonter l'origine de la procédure d'inquisition au droit romain, en groupant les textes de ce droit dans lesquels est mentionnée une poursuite d'office, il s'écrie : « C'est dans le droit civil que l'inquisition a été prise, et les docteurs de droit canon se moquent lorsqu'ils prétendent l'avoir inventée [1]. »

Dans un autre passage, il reproduit la glose de Tancrède sur la troisième compilation dont il a été parlé plus haut, mais en s'en excusant, à cause, dit-il, de sa brièveté, et pour ne pas paraître dédaigner les canonistes : Istam notulam inserui propter brevitatem et ne videar doctores juris canonici in comtemtu habere.

Guillaume de Paris est plus modeste. Il cite, de bonne grâce, Roffredus quoique légiste. Il reproduit même ses textes de droit romain sur la poursuite d'office, en se bornant à supprimer son commentaire. Il insère même, avec une légère variante, la note dédaigneuse de Roffredus sur Tancrède, en remarquant seulement que ses railleries n'empêchent pas la glose d'être excellente : Peroptima est ista glosula Tancreti, licet dominus Raufredus irrideat ipsam.

Nous avons là un petit tableau, pris sur le vif, des premières riva-

---

[1] In his exemplis, et in aliis quæ studiosus scolaris poterit invenire, evidenter ostendatur quod, in jure civili fuit inventa inquisitio. Frustra ergo insultant dicentes, docentes in jure canonico, quod de ipsorum jure inquisitio sit inventa : verum fateor quod modus et forma, et qualiter, et quando procedatur in inquisitione, ista sunt inventa in jure canonico, et revidentius quam in jure civili sicut infra dicemus. — Roffredus, *Solennis tractatus libellorum et de ordine judiciorum.* (Édit. de Strasbourg, 1502), part. 7, fol. 47.

lités entre canonistes et légistes, dans lequel l'avantage est, il faut bien le reconnaître, du côté de notre Guillaume.

Qualiter procededum sit contra contumacem criminaliter accusatum.

Si quis igitur[1] criminaliter fuerit accusatus et contumax fuerit, lite nondum finita, secundum leges omnia bona sua annotantur et scribuntur, et si intra annum venerit et pareat juri, recuperat omnia bona sua, et auditur de crimine. Post annum vero, omnia bona sua confiscantur, et licet postea venerit juri parendus, auditur de crimine, sed non recuperat bona sua; *ff. de requirendis reis, l. ultima; ad idem C. eod. tit., quicunque.* Secus est, secundum canones, qui excommunicatur; *ut IIII, q. V, quisquis in principio; et V, q. II, praesenti;* ubi dicitur, omni expectatione veluti jam desperata obmissa, reus mox anathematis gladio feriatur. Et si intra annum venerit et innocentiam suam purgaverit, absolvatur super illo crimine. Post annum vero nequaquam; *ut XI, q. III, rursus, in fine.* Si vero intra annum excommunicationis causam purgare contempserit, nulla ejus vox penitus audiatur; *ad idem, c. sequenti, in principio.* Et hoc ante litem contestatam. Si vero lis contestata est, possunt recipi testes contra eum, et sententia diffinitiva ferri; *ut III, q. IX, decrevimus; extra, de dolo et contumacia, prout nobis.* TANCRETUS.

Et sic, secundum eum, videndum est quot modis de crimine agi potest, qualiter sit agendum, quis agere potest, et qua pena puniendi sunt criminosi.

QUIBUS MODIS DE CRIMINE AGI POTEST.

Quatuor autem modis[2] de crimine agi potest, ut etiam de notoriis taceatur, scilicet in modum accusationis, inquisitionis, denuntiationis, et exceptionis; *ut extra, de accusatione, super hiis, in principio; et de symonia, licet Hely.*

De notoriis tacendum ideo dixi, quoniam in eis nec testibus, nec accusatione opus est, imo sine ipsis possunt notoria crimina puniri; *ut I, q. II, manifesta; et extra, de accus., evidentia; et extra, de cohab. cleric. et mul., tua nos.* Verumptamen quidam ordo judiciarius in notoriis criminibus est observandus; *extra, de jurejurando, ad vestram;* quia reus debet citari et interrogari, et eo presente vel per contumaciam absente, sententia ferri; *ut II, q. I, de manifesta; extra, de*

---

[1] Tancrède, l. II, ch. De contumacibus et non ad judicium venientibus, p. 67. Nous établissons notre conférence sur l'édition de Lyon, 1547. Tancreti

jureconsulti vetustissimi ordinis judiciarii tractatus.

[2] Tancrède, l. II, ch. Qualiter contra criminosos agatur, p. 88 et 89.

cohabitatione clericorum et mulierum, sicut ad extirpanda. Quoniam si non citaretur, sententia non teneret; *ff. quœ sent. sine appel. resc. non pos., l. 1, ç. item cum in edicto.*

Et propter hoc nota quod duplex est crimen notorium, scilicet notorium facti et juris.

DE NOTORIO.

Quid sit notorium secundum Tancretum.

Notorium, aliud facti, aliud juris. Notorium juris est illud crimen de quo quis canonice est condampnatus vel quod non diffitetur; *ff. de reg. jur., l. res judicata; extra, de cohab. cler. et mul., vestra.*

Notorium facti, aliud est presumpti, aliud manifesti. Notorium facti presumpti est, ut paternitas et filiatio; *ut ff. de in jus voc., quia semper; extra, de filiis presb., conquerente.* Notorium facti manifesti est illud crimen de quo fama puplica suum prestat adminiculum, et ipsa rei evidentia prestatur, nec potest aliqua causa tergiversationis celari; *ut in pred., c. tua et c. vestra.* Quocunque modorum istorum crimen notorium, potest judex, ex officio suo, punire criminosum, quamvis coram eo non accusatur nec testibus convincatur. Si vero crimen non sit notorium, licet sit puplicum, servandus est ordo judiciarius; *ut xi, q. iii, eorum.*

Sed qualiter sciet judex crimen alicujus esse notorium. Respondeo, per facti evidentiam, si sit loci illius inhabitator, vel si fuerit ei probatum per duos legitimos testes quod crimen sit notorium, et quando omnes proclamant commissum crimen fuisse; *ut ii, q. i, scelus.*

Et nota quod, qualitercunque de modis superius nominatis agatur de crimine, si certa pena inveniatur super hoc in jure statuta, illa est delinquentibus imponenda. Alioquin puniri debent officio judicis vel arbitrio; *ut extra, de off. deleg., de causis, versus finem; ad idem, ff. de jure delib., l. 1, § ait pretor.* TANCRETUS.

Quid sit notorium, et qualiter diffiniatur, qualiter sit probandum, per quos et in qua causa, secundum Laurentium, Johannem et Guillelmum Duranti.

Guillelmus Duranti, in personis ipsorum, sic loquitur.

Cum episcopus talis[1] se ad talem transtulerit ecclesiam, sive prope limina, peto ipsum amoveri.

Vel sic. Cum talis talem in multorum presentiam occiderit, ita quod non est

[1] Guillaume Durant, *De notoriis criminibus,* § 8, n° 15, p. 48. Nous établissons notre conférence sur l'édition de Francfort, de 1592.

locus inficiationi, peto ipsum puniri. Et ex quo sic petitur, tanquam in notorio proceditur, id est, lite non contestata; *ut II, q. I, manifesta, et c. scelus; extra, de accus., evidentia; extra, de jurejur., ad nostram, III.* Quod verum est, secundum quosdam, ubi accusatus est absens per contumaciam. Si vero presens est, requiritur litis contestatio; et si neget, requiritur duplex probatio; alioquin non tenet sententia, ut jam dicam. Et in tali notorio non appellatur; *extra, de appellat., proposuit.* Et si testes producantur ad querendum notorium, queratur ab eis que est diffinitio notorii.

De diffinitione notorii.

Quam diffinitionem ipsi Laurentius, Johannes, et Guillelmus, sic descripserunt.

De notorio sepe loquitur, sed quid sit notorium ignoramus; *ut II, q. I, manifesta.*

Et nota quod notorium aliud juris, aliud presumptionis, aliud facti[1].

Notorium presumptum est evidentia presumpta, ut paternitas et filiatio; *extra, de probat., per tuas; et qui filii sint legit., transmisse.* Potest etiam dici notorium presumptum, crimen infamati in purgatione deficientis; *extra, de cohab. cler. et mul., tua, § fin.; et de symon., insinuatum, § 1.* Item consanguinitas est notoria presumptive; *ut extra, de divort., porro, c. I;* et hoc non exigit probationem, secundum Vincentium; *extra, de accus., evidentia; et in pred., c. manifesta.* Potest autem ex habundanti probari; *extra, de electione, bone, I.* Verumptamen, si negetur, bene probatur; *ut in pred., c. transmisse.* Sed, ex quo de ipso constat, statur ei, nisi probetur contra.

Notorium juris est de quo quis condampnatur vel in jure confessus est; *ut eod. tit., c. vestra et c. fin.; ff. de statu homin., ingenuum; extra, de verb. signif., cum olim; de temp. ordin., c. fin.* Dominus meus notorium sic describit.

Descriptio notorii.

Notorium juris est spontanea et clara probatio; *V, q. VI, Epiphanium; C. de probat., sciant.*

Porro notorium facti est illud crimen in quo fama puplica suum prebet adminiculum et ipsa rei evidentia prestatur, ita se exhibens omnium hominum vel majoris partis loci conspectui ut nulla possit tergiversatione celari; *ut in pred., c. tua et vestra, et c. fin.* Unde notorium secundum Vincentium sic describitur.

---

[1] Guillaume Durant, *De notoriis criminibus,* nᵒˢ 1 et suiv., p. 46 et 47.

Item de descriptione notorii.

Notorium est, secundum Vincentium, quod commissum vel factum non dubitatur a populo vel majori parte populi. Non enim exigitur totius populi notitia;
ut ii, q. i, manifesta [1].

[1] Note en marge du manuscrit : *Fama,
interdum ex certo actore, interdum ex
incerto procedit, et inducit inquisitionem
nisi a certo homine emulo vel inimico;
extra de cohab. cler. et mul., tua, in glosa
fama.* Notorium facti dicitur, si episcopus
transeat de uno episcopatu ad alium. Item,
si quis, in conspectu pupplici, occidat
aliquem. Et contra istos potest procedi,
ordine non servato; si sunt absentes, presentes autem et negantes, fiet litis contestatio; et probabitur. Nec sufficit probare
factum, nisi probetur puplice factum. Est
et notorium interpollatum, ut usurarii; et
in hoc requiritur semiplena probatio. Est
et notorium juris, ut in ingenuo; et si negetur, sententia probabitur. Est et notorium
presumptionis, ut in filio nato de nuptiis,
ut filius mariti presumatur; et hic servatur
omnis ordo; et sufficit probare circumstantiam preter factum. Est et notorium
continuum, ut si clericus teneatur in carcere vel concubina in domo; et hic nullus
ordo requiritur. Est et notorium actu trans-
euntis; et in illo, et in notorio interpol-
lato, non admittitur appellatio. Notorium
etiam deprehenditur loco, quia fit in puplico, et prope astantes, qui sunt vel tota
vicinia vel major pars, vel tot quod non
possit eis contradici. Citatio semper necessaria est, nisi in conspectu judicis fiat. In
contractubus autem non habet locum quod
attendatur notorium, nec in possessione
cum interdum habeat plurimum juris. Sed
in maleficiis, speciale est quia interest rei
puplice ne maleficia remaneant impunita;
et propter hoc non obest objectio quod
potest esse quod hoc fecit ad sui deffen-
sionem, etc. Quidam dicunt quod notorium negatum semper esse probandum;
arg. ff. qui satisd. cog., si vero; sed prius
dictum placet. Licet maleficium habeat in
se excusationem per aliquam viam exceptionis, sufficit tamen illud maleficium non
posse celari ut sic procedatur sine ordine judiciario, ut in notorio; aliter nullum inveniretur quod non posset aliquam
circumstantiam habere qua posset excu-
sari. Et iste processus extraordinarius de
quo loquntur canones raro habet locum
secundum leges. Item citatio semper est
necessaria et premitti debet semper partibus, et post servari ordo vel non servari.
Item post citationem necesse est semper
exponi factum ei. Item si non audiantur
ejus excusationes, tenet tamen sententia, si verum est esse notorium, *eod. tit.,
glo. puta.* INNOCENTIUS. — La comparaison
de ce passage avec l'Apparat, *De cohabitatione clericorum et mulierum*, c. VIII,
tua nos (éd. de Venise, 1610, p. 419),
montre comment notre auteur compose
ses extraits d'Innocent, lorsqu'il ne les
emprunte pas à Guido.

Qualiter probetur notorium.

Et si testis, ignorans quid sit notorium [1], respondeat quod crimen ad quod probandum inducitur est notorium, non valet ejus dictum, immo potius ut imperitus matheseos, etc.; *xvii dist., quid est* [2]; *et arg. ff. de orig. jur., l. 2, § cumque eum.* Item si testis diffiniat quid sit notorium, nec sit juris peritus, queratur a quo id didicit. Et si respondeat quod, a producente eum vel ejus advocato, presumitur subornatus, maxime si didicit postquam causa mota fuit; *extra, de test., licet.* Quod si respondeat, quod per se ipsum vel ante litem motam didicit, quod notorium est id quod totus populus vel major pars populi vidit, vel verba equipollentia, per quæ diffinitio notorii videatur, querendum est ab eo quot hominum scientia vel presentia exigatur ad hoc quod crimen notorium reputetur. Et si respondeat de certo numero, querendum est qualiter scit, et quot hominum, etc., faciat crimen esse notorium; quod per jus aliquod non potuit diffiniri, licet quidam dicunt quod x hominum, etc., quia tot faciunt parochiam; *ut x, q. iii, unio;* et testimonium unius parochie facit crimen notorium esse; *ut extra, de purg. canon., cum dilectus* [3]. Item requiritur totius vicinie notitia vel majoris partis; *xxiii, q. iv, cum quisque; et extra, de purg. canon., constitulus; et ii, q. vi, de manifesta.* Alii dixerunt tres ad hoc sufficere, quia tot faciunt collegium, *ut ff. de verb. signific., Neratius;* quod nil est, quia eadem ratione duo sufficerent, quia duo faciunt congregationem; *ut extra, de elect., c. i.* Non potest ergo dici aliquid notorium in vico seu villa ubi duo vel tres aut quinque inhabitant. Quidam autem dixerunt, et forte non male, quod arbitrio judicis relinquitur quot homines faciunt notorium, cum non sit in jure expressum; *arg. extra, de off. deleg., de causis; ff. de verbor. oblig., continuus* [4].

Quid debeant dicere testes ad probandum notorium producti.

Testes autem qui ad probandum notorium inducuntur duo habent probare, secundum Papam, ad hoc quod eorum dictum valeat, scilicet, quod viderint

---

[1] G. Durant, *loc. cit.,* n° 16, p. 48.

[2] Citation inexacte : c'est, d'après le *Speculum, loc. cit.,* la distinction xxxvii du Décret, canon x, *qui de mensa.* Guillaume commet plus d'une erreur de ce genre; mais il lui arrive souvent aussi de rectifier, dans les auteurs, des indications erronées. Nous transcrivons ses citations textuellement, et sans y rien changer, en les détachant seulement du texte par des italiques. On fera aisément les rectifications nécessaires en se reportant pour les lois et canons cités aux tables des *incipit* des corps de droit civil et canonique.

[3] G. Durant, *loc. cit.,* n°s 5, 6, p. 47.

[4] G. Durant, *loc. cit.,* p. 48.

crimen quod testificantur committi, et quod tot alii presentes erant qui videre similiter potuerunt quod crimen notorium factum fuit. Alias enim non probarent crimen esse notorium, nec per consequens ad eorum dictum esset reus condampnandus, quia ex quo non constat crimen esse notorium, per consequens, lite non contestata et juris ordine non servato, testificati sunt, quod fieri non debuit, maxime oblata petitione premissa, cui debet sententia concordare; *ut extra, de symon., licet Hely;* et ideo totus processus irritus est; *extra, ut lite non contest., per totum; C. de sent. et interloc., omn. jud. prolat.;* et quia contra non confessum, non convictum processum est; *ut II, q. I, nos in quenquam, et c. Deus omnipot.; extra, de constit., ecclesia.*

Vincentius vero contra scripsit. Scripsit enim sufficere si testes probent alterum de duobus, scilicet quod crimen foret notorium, vel se vidisse illud committi. Utraque oppinio potest salvari. Nam oppinio Pape potest habere locum quando judex procedit in probatione notorii ad petitionem alicujus, quia tunc receptio testium facta, lite non contestata, non valet; *ut extra, ut lite non contest., per totum.* Dictum autem Vincentii potest intelligi, quando judex, ex officio suo, inquirit an crimen sit notorium; tunc enim, lite non contestata, possunt testes recipi; et in tali notorio, potest appellari; *extra, de appel.; romana, § si autem.* GUILL. DURANTI.

Juxta ergo premissa dicendum est et videndum de accusationibus, inquisitionibus, denunciationibus et exceptionibus, et primo.

DE ACCUSATIONIBUS. Vª.

Quid sit accusatio; qualis nature sit accusatio; quis possit accusare; quis accusari; an sine accusatore quis valeat condampnari; et an semel condampnatus absolutus iterum possit condampnari.

Quid sit accusatio.

Accusatio est alicujus de crimine delatio. GOFFREDUS [1].

Vel sic [2]. Accusatio est aliquem de aliquo rerum deferre, vel facere ad vindictam. Hæc diffinitio colligitur [3], *C. qui accus. pos., l. cum rationibus, et l. non ignorant et*

---

[1] Goffredus, *Summa in titulos Decretalium,* liv. V : *De accusationibus, inquisitionibus et denunciationibus,* n° 1 (édition de Venise, de 1570, fol. 188).

[2] Roffredus, *Solennis tractatus libellorum*

et insigne opus de ordine judiciorum, nec non sabbatine quæstiones, part. 7 (édition de Strasbourg, de 1502, fol. 43).

[3] Goffredus, *Summa in titulos Decretalium,* liv. V, n° 2, fol. 188.

l. si quis ex familiaribus; et C. de accus., libellorum; ff. de privat. delict., l. ult.; ff. de suspect. tut., l. 3, § præterea.

Qualis nature sit accusatio.

Est enim talis nature accusatio, quod non procedat nisi ex puplico crimine vel privato, et quando criminaliter agitur, in quo casu necessarius est libellus; *ut ff. de accus., libellorum; ff. de privat delict., l. 1;* in quo casu similiter aliter formabitur libellus quando civiliter agitur. Item est talis nature quod desiderat crimen commissum, et ita crimen est causa unde accusatio procedit, sicut etiam et alias lex Acquilia dampnum exigit; *ff. ad l. Aquil, l. 1.* Sed dampnum est causa quare accusationes dantur; *ut ff. quod met. causa, l. sed et partus;* et contractus bone fidei desiderat moram, id est mora est causa quare ex illo contractu agitur; *C. de integr. restit., l. in minoribus.* Item requirit et aliud, scilicet accusatorem, quia sine accusatore accusatio non procedit, sive crimen sit puplicum seu privatum; *ut ff. de accus., l. 1, de muner. et honor., l. rescripto.* RAUFREDUS.

Quis potest accusare.

Potest accusare [1], quicunque non prohibetur, sicut dicimus de testibus; *ut ff. de testib., l. 1;* et in procuratoribus; *ff. de procuratoribus, l. mutus;* et in matrimoniis; *extra de sponsal., mulieres; II, q. I, prohibentur.* Hoc fallit in quibusdam casibus; *ff. eod. tit. l. 2; ff. ad leg. Jul. maj., l. in questionibus; instit. de susp. tut., l. consequens.* Item, cum prosequuntur suam injuriam vel suorum, semper admittuntur. Qui autem suorum nomine intelligantur, habes, *ff. eod. tit., l. 1* et 2 [2]. Item, admittitur mulier secundum jura canonica; *ut II, q. I, prohibentur, § mulierem;* scilicet in crimine fraudate annone. Item in crimine symonie; *ut extra, c. tanta.* Et idem potest dici in aliis criminibus exceptis; et idem in crimine dilapidationis, et quia exceptum est, ut videtur; *II, q. VI, quapropter;* et quia equiparatur crimini fraudate annone, ad cujus accusationem admittitur femina, ut dictum est. Et in casibus in quibus admittitur mulier ad accusandum, nec inscribit ad penam, nec incidit in Turpillianum; *ut ff. ad Turpill., l. 1, § accusationem et l. mulier;* nec obest *l. C. eod. tit., l. femina,* nam ibi loquitur de femina quæ destitit ab accusatione, pacto corrupto.

Qui prohibentur accusare.

Prohibetur accusare [3], pupillus, propter etatem; *ut VII, q. I, prohibentur; et ff.*

---

[1] Goffredus, *loc. cit.*, n° 2.

[2] Et sunt, pater et mater, filius, filia, nepos, neptis, patrona, eorum liberi, et hii omnes quibus potest imperari, ratione dominice vel patrie potestatis.

[3] Goffredus, *loc. cit.*, n° 3,

e̅od. tit., qui accusare; nisi in quibusdam casibus; *ff. eod. tit., l. 2, § pupillus;* adultus annis autem potest accusare, tutore actore; *ff. de auct. prest., l. datur.* Item, alii propter magistratum, ut consules; *ii, q. i, prohibentur; et ff. eod. tit., qui accusare;* quia nec ipsi in jus vocari possunt; *ff. ad leg. Jul. de adult., si maritus;* quod de his magistratibus intelligo qui verum habent imperium; secus in modicis; *ff. de injur., l. nec magistratibus.* Alii propter sacramentum, ut milites qui jurant se non evitaturos mortem propter rem publicam; *ut ii, q. i, prohibentur;* nisi suam vel suorum injuriam prosequantur; *ut C. qui accus. non pos., l. non prohibentur et l. si crimen.* Alii propter delictum, ut criminosi et infames, qui tamen admittuntur in exceptis contra infames; *ii, q. i, in primis;* ad excusandum non ad testificandum, nisi alia adminicula interveniant, de quibus loquitur, *extra, de sym., licet Hely, et c. per tuas.* Alii propter suspitionem turpis questus, ut qui duos reos in diversis judiciis habet, judicio nondum finito; *C. qui accus. non poss., l. cum rationibus,* nisi suam vel suorum injuriam prosequantur; *ff. ad leg. Jul. de adult., l. inter liberos, § ult.; et ff. l. hos accusare, § lege Julia.* Item, qui ob accusandum vel non accusandum nummos accepit, qui incidit in legem Juliam repetundarum; *ut ff. ad. l. Jul. repetund., l. eadem, § ult.; et in l. Cornel.* Alii propter conditionem suam, ut liberti contra patronos; alii propter paupertatem, ut qui minus quam L aureos habent in bonis; *ut i c. prohibentur.* Item qui ad sortilegos, magosque concurrunt; *vii, q. viii, quisquis.* Hii tamen omnes si suam vel suorum injuriam prosequantur, admittuntur, *ut in c. prohibentur;* et in criminibus exceptis[1], sicut in crimine heresis, lese magestatis, symonie, fraudati census, fraudate annone, dislapidationis; *ut in l. prohibentur; xv, q. iii, sane et c. nemini; et extra, de symon., tanta.* Et in hiis[2] admittuntur layci contra clericos infamatos; *ut ii, q. i, in primis circa fin.;* vel si suam vel suorum injuriam prosequantur; *ut extra, de testib, de cetero;* aliter non admitterentur, etiam in exceptis, cum generaliter prohibeantur laici, etiam bone fame, et clerici etiam infames; clericos accusare; *ut ii, q. vii, per totum, et maxime in c. ipsi apostoli et c. testes.* Item, alii qui, ob reverentiam personarum, illos quibus reverentiam debent non accusant, ut liberi, libertini, beneficiati, servi, familiares, quibus, si hoc fecerint, imponuntur varie pene; *ut ff. eod. tit., l. qui accusare, in fin.; et l. hii tamen, § 1; C. eod. tit., l. iniquum et l. si quis ex familiaribus et l. ult; xii, q. ii, liberti, et c. octava; extra de postul., c. ult.* Item socii et participes criminum non admittuntur; *extra, de testib., veniens; C. de lib. cau., si filium;* nisi forte denuntiative vel exceptive agatur; *extra de testib., quoniam; extra de adult., significasti.* Item, ab alio delatus alium accusare non potest; *ii, q. i, prohibentur; extra, de*

---

[1] Nota que sunt crimina excepta. — [2] Nota istos duos casus in quibus admittuntur layci contra clericos. Nota bene.

testib., c. ult.; ita ut nec etiam suum accusatorem accuset de pari vel minori; secus in crimine majore; *ut II, q. IX, neganda.* Condampnatus autem de crimine, cum sit infamis, alium accusare non potest, nisi suam, etc.; *ut ff. eod. tit., l. qui judicio.* Quod verum est quod accusare non potest, si novam velit accusationem in extraneum inchoare; secus in suum accusatorem; nam potest si per sententiam amiserit libertatem et civitatem; *ut. ff. de pupl. jud., l. is qui;* parcendum est enim ei qui provocatus voluit se ulcisci; *ut ff. de bon. liber., l. qui cum major, § si libertus.* GOFFREDUS.

Dominus Bagarotus, professor juris civilis in tractatu Cavillationum suarum, in principio, de hiis qui prohibentur accusare vel ab accusando, dicit sic.

Sciendum est enim quod, removitur vel repellitur accusator ab accusando[1], aliquando ratione sui tantummodo, aliquando ratione accusati tantummodo, aliquando mixta ratione, scilicet sui et accusati, aliquando ratione judicis tantummodo, aliquando ratione judicis et cause, et aliquando ratione temporis.

Qualiter ratione sui tantummodo prohibetur quis ab accusando.

Ratione sui prohibentur accusare, mulier, pupillus, miles, magistratus, majores qui in jus vocari non possunt sine venia vel sine fraude, infamis qui ob accusandum vel non accusandum pecuniam accepit, qui falsum testimonium subornati dixerunt, qui sunt pauperes, id est, qui minus habent L aureis; *ut ff. de accus., l. si qui accusare, et l. alii, et l. nonnulli;* qui duos reos inscriptos habent. Item qui calumpniatus est semel; *ff. de accus. si cui, § idem.* Item accusatus, antequam purget innocentiam suam, in pari vel majori crimine, accusare non potest; *ut C. de hiis qui accus. poss., l. neganda; ff. de pupl. jud., l. is qui.* Item presens absentem, vel e contra; *ff. de accus., l. absentem; II, q. VII, in primis, et c. nisi.* Item qui accusavit et destitit, amplius accusare volens, non auditur; *C. de hiis qui accus. non pos., l. si ea; ff. ad. l. Jul. de adulteriis, l. si maritus; et ff. ad Turpil., l. qui destitit.* Item repelluntur, dampnati in puplico crimine, vel dolo vel calumpia dampnati, vel prevaricatione. Item, qui cum bestiis in arena pugnant, non dico ratione virtutis experiende. Item, qui artem ludicram vel lenocinium fecerunt; *ff. de accus., qui in judicio;* et similes. Qui tamen fere omnes admittuntur, si suam vel suorum injuriam prosequantur; *ff. de accus., l. hii tamen.* BAGAROTUS.

Qualiter ratione accusati repellitur quis ab accusando.

Ratione accusati repellitur, qui accusare intendit imperatoris legatum, pro-

---

[1] Bagarotus, dans le *Tractatus universi juris* (Venise, 1584, t. III, part. 2, p. 128), De exceptionibus dilatoriis et declinatoriis judicii, n° 1 et suiv.

:vincie presidem, legatum provincialem, de crimine annone, magistratum populi romani absentem causa rei puplice, non tamen fraudulanter; *ff. de accus., l. qui in scripturis, et l. qui hos.* Item, qui jam liberatum accusatum accusat, nisi justum dolorem prosequens, admittatur ex causa interveniente accusationis institute prius ignorantia; *ff. de accus., l. si cui, § iisdem.* Item, qui ab uno accusatur non potest ab alio accusari, nisi reus exemplus sit per abolitionem, vel desistente vel mortuo accusatore; *ut ff. de accus., l. hii tamen, § ab alio, et l. libellorum, § fin.* Item, servum ad pecuniariam coherctionem quis accusare non potest; *ff. de accus., l. hos, § fin.* Item, nec impubes, de lapsu carnis; *ff. ad l. Jul. de adulteriis, l. si minor.* Item nullum possum de uno delicto pluribus legibus accusare; *ff. de accus., l. senatus.* BAGAROTUS.

Qualiter ratione mixta, scilicet sui et adversarii et repellitur quis ab accusando.

Mixta ratione repelluntur [1], liberi, liberti, domestici, familiares, accusantes patronos, parentes, et eos in quorum sunt domibus ab infantia nutriti; *ut ff. de accus., hii tamen, § 1; et C. qui accus. non pos., l. iniquum et l. pen. in fin.* Sed numquid e contra accusatio denegabitur; non puto in omnibus, sed tantum in parentibus; lego enim quod in crimine in se commisso mater filium valeat accusare; *C. de hiis qui accus. non pos., l. propter insidias; ff. ad. l. Corn. de sicar., l. 3;* unde datur intelligi quod in ceteris prohibetur; quamvis dicatur quod patroni filius major xxv annis repellatur a contra tabulas bonorum possessione, si libertum accusaverit; *ff. de bon. libert., l. qui cam, in princ.* Item repellitur frater intentans magnum et capitale crimen contra fratrem; *ut C. de accus., l. si magnum.* Ideo autem dixi quod, mixta ratione superiores ab accusando removentur, quia licet accusantes valeant accusare et ceteri accusari, et tales non sunt hii, quia unus alterum accusare non potest.

Qualiter ratione judicis tantum repellitur, etc.

Ratione judicis [2] repellitur accusator ab accusando, puta si de crimine litigetur apud arbitrum vel judicem pedaneum; *ut ff. de arbitr., non distinguemus, § de liberali; C. de pedan. judic., l. ult.; ff. de off. ej. cui mand. est jurisd., l. 1.* Legatus tamen proconsulis, et si criminales diffinire non posset causas, tamen discutere et discussas et instructas ad proconsulem mittit; *ff. de off. procons., l. et si qui; C. de off. procons., l. consulem.* Nec mireris qui a multis permittitur cognoscere sed non pronunciare. Item repellitur accusator qui aliquem apud non suum judicem accusat. Sed iste modus et quidam alii qui utroque judiciorum sunt communes dicemus infra, in civilibus cavillationibus.

[1] Bagarotus, *loc. cit.,* n°ˢ 12 et suiv. — [2] *Ibid.*

Qualiter ratione judicis et cause repelliter accusator.

Ratione judicis et cause[1] prohibentur, qui de crimine canonico vel ecclesiastico apud civilem judicem nituntur accusationem proponere; *in auth. ut cler. ap. prop. episc., per totam tractatum.* Preterea in tempore accusationis auspiciis repellitur accusator qui recte non scribit atque subscribit; *ff. de accus., l. libellorum.* Item, nisi officiales notorium crimen defferant in judicis notitiam; *ut C. de jud. l. ea que;* vel leve non sit crimen; *ff. de accus., l. levia;* vel accusator sit privilegiatus, ut femina in quibusdam; *ut C. qui accus. non pos., l. de crimine;* etiam maritus, secundum quosdam; *ut C. ad l. Jul. de adulter., l. quamvis.* BA-GAROTUS.

Qualiter ratione temporis repellitur quis ab accusando.

Ratione temporis[2] rejicitur accusator, puta reum post mortem accusans vel abolitionem, puplica de matricula exemptum post xxxᵃ dies utiles accusat; *ut ff. de accus., l. libellorum, in fin.; ff. ad Trebell., l. aut privatim.* Item, jure mariti maritus, et tunc post xLᵃ dies, vel jure extranei extraneus, post vɪ menses utiles, computatos, in nupta, a die divortii, in vidua, a die commissi criminis, ita ut quinquennium non excedat, nisi justa causa fuerit impeditus; *ut ff. eod. tit., l. miles, § adulter, et l. quinquennium.* Idem generale est in omnibus quos lex Julia pro adulteriis punit; *ff. l. mariti, § preterea;* preterquam si adulterium mixtum sit cum incestu; *ff. l. vim passam, § prescriptione;* vel per vim fuerit perpetratum; *at ff. l. mariti, § fin.* Cetera vero crimina xxᵗⁱ annorum agentem prescriptione reppellunt; *ut C. ad l. Corn. de siccar., l. querela.* Item, circa cause cognitionem repellitur maritus, si lenocinium objiciatur in adulterio; *C. ad l. Jul. de adult.; l. ita.* Item, non auditur accusans qui ante denunciationem alii nupsit; *ff. l. nupta et l. 2.*

In summa nota, quod repellitur accusator si, reo mortuo, crimen instituat, quia relictum divino examini accusare non potest; *ut ff. de accus., l. judiciorum; et C. de heret. et manich., l. 4; ff. ad. l. Jul. peccul., l. ult.* Excipiuntur tamen aliqua crimina[3], crimen lese magestatis, heresis, fraudati census, repetundarum, et similia crimina, que post mortem durant[4]. Et hoc[5] de exceptionibus criminalium causarum que in judiciis objiciuntur nobis juris prudentia monstravit. Doᵘˢ BAGAROTUS.

---

[1] Bagarotus, *Tractatus univ. juris,* etc., nᵒˢ 15 et suiv.

[2] Bagarotus, *loc. cit.,* nᵒˢ 17 et suiv.

[3] Scilicet tria.

[4] Nota que sunt crimina que etiam post mortem durant; qualia sunt crimina excepta, ut supra, proximo folio.

[5] Bagarotus, *loc. cit.,* nᵒ 20.

Qui possunt accusari et qui non.

Accusari non possunt aliqui [1], propter excellentiam dignitatis, ut Papa et impe-rator; ipsi enim supra jus sunt et legibus soluti; *extra, de concess. prebend. vel eccles. non vac., proposuit; C. de leg. et const., l. digna vox.* Papa enim superiorem non habet nisi solum Deum, *ut ix, q. iii, nemo, aliorum;* nisi in crimine heresis; *ut xl dist., si Papa.* Item magistratus non accusatur ut dictum est. GOFFREDUS.

Casus qui, et si criminales sunt, tamen accusans auctores eorum non tenetur inscribere et ab penam talionis se obligare.

Debet autem accusator [2] inscribere et se ad penam talionis obligare, id est ad talem penam qualem accusato inferri intendit, quia calumniantes ad vindictam possit supplicii similitudo; *ut ii, q. ult., quisquis; et q. iii, calumpniator, et c. qui non probat.* Quidam excipiunt quosdam casus, scilicet cum quis accusat de levi crimine; *ff. eod. tit., l. levia.* Item, cum mulier accusat, ut dictum est. Item in crimine apostasie; *C. de aposta, l. apostatarum.* Item, cum accusatur christia-nus quod judeam duxerit uxorem; *ut C. de jud., l. ne quis.* Item, cum maritus accusat uxorem jure mariti; *ut iv, q. iv, § aliquando; C. ad l. Jul. de adult., l. quamvis, et l. jure mariti* [3]. Item in accusatione false monete; *C. de fals. mon., l. 1.* Item, si tutor accusat; *C. qui accus. non poss., l. 2.* Item, cum quis ex necessitate accusat, ut heres volens vindicare necem deffuncti; *ut ff. que ut indign.; l. tutorem.* Item, in crimine abigeatus; *C. de abig., l. una.* Item, cum per officiales crimina nunciantur; *C. qui accus. non poss., l. ea que.* Sed est scien-dum quod, etiam si accusator non inscribat, ex natura tamen accusationis pena calumpnie venit; *ut C. eod. tit., l. ult.* GOFFREDUS.

Casus in quibus quis sine accusatore dampnari potest.

Et nota quod generaliter verum est [4], quod nullus debet sine accusatore damp-nari; *ut ii, q. ii, C. de manifesta; et xxiii, q. iv, si quis potestatem.* Fallit tamen hiis casibus, scilicet, cum suspecta scriptura in judicium profertur; tunc enim qui eam profert, nisi fidem astrinxerit ei, quasi falsarius condampnatur; *ut C. de prob., l. jubemus.* Item, si testis procax fuerit in ferendo testimonio, vel verba suspecta dixerit; *C. de testib., l. nullam penitus.* Tertius est, si tutor

---

[1] Goffredus, *op. cit.*, liv. V, c. De accu-sationibus, etc., n° 4, fol. 189.

[2] Goffredus, *loc. cit.*, n° 6, fol. 189.

[3] Secundum Goffredum, Quod non placet Tancreto, per decretalem, *extra,*

de procur., lae, § fin., quia, sive probet, sive non, semper haberet intentionem suam.

[4] Tancrède, *op. cit.*, liv. II, c. Qualiter contra criminosos agatur, p. 93.

suspectus fuerit; *ff. de susp. tut., l. tutor,* § *tutoris.* Quartus est, si quis corrumpit testes adversarii; *ut III, q. VII,* § *tert. vers. si quis autem ex litigatoribus.* Quintus casus est, si maritus accuset uxorem de adulterio, et ipsa excipiat de lenocinio; *ff. ad leg. Jul., de adult., l. 1.* Et hoc est quando hujusmodi crimina contingunt principale negotium.

Plures autem alii casus sunt in quibus condampnatur sine accusatore, ut in inquisitione, denunciatione, exceptione, et in notoriis. Nota tamen quod si aliquis delinquat in juditio, punitur a judice, nulla exceptione obstante quod non sit competens judex ejus qui deliquit; *ut C. de testib., l. nullam penitus.* TANCRETUS.
Nota etiam secundum eundum.

Que crimina dicantur privata.

Crimen furti, injuriarum, abigeatus et similia. Ad horum accusationem non admittuntur, nisi quorum interest; *ut ff. de privat. delict., l. 1.* TANCRETUS.

Que sint secundum eundem puplica crimina.

Homicidium [1], adulterium, crimen lese magestatis, et similia, ad quorum accusationem contra laicos admittitur quilibet de populo et non contra clericos, dum tamen sint integre fame; *ut in Instit., de public. judic., in princ.* Infames vero et criminosi ab omni accusatione, secundum canones, repelluntur; *ut III, q. VII, querendum est.* TANCRETUS. Et nota secundum eundem.

Que sunt infames persone.

Infames personas esse credimus, que pro aliqua culpa notantur infamia, et omnes qui christiane religionis normam abjiciunt sponte, et statuta Ecclesie contempnunt. Similiter, fures, sacrilegos, et omnibus criminibus capitalibus irretitos, sepulchrorumque violatores, et omnes qui adversus patres calumpniose armantur, qui, in omni juditio, in mundo, infamia notantur. Similiter, et incestuosos, homicidas, perjuros, raptores, maleficos, veneficos, adulteros, de bellis pupplicis fugientes, et qui indigna sibi petunt loca teneri, aut facultates injuste auferant ecclesie, aut qui fratres calumpniantur, aut accusant, et non probant, aut qui contra innocentes animum principum ad iracundiam provocant, et omnes anathematizatos, vel pro suis sceleribus ab ecclesia pulsos, et omnes similiter quos ecclesie vel seculi leges infames pronuntiant. Hii nimirum omnes, nec servi ante legitimam libertatem, nec penitentes, nec bigami, nec illi qui curie deserviunt, vel qui non sunt integri corpore, aut sanam non habent mentem aut intellectum, aut sanctorum patrum decretis ino-

[1] Tancrède, *loc. cit.,* p. 97.

bedientes existunt, aut qui furiosi manifestantur, hii omnes, inquam, nec ad sacros gradus possunt provehi, nec isti, nec suspecti, nec liberti, nec rectam fidem vel dignam conversationem non habentes, summos sacerdotes possunt accusare, nec ad accusationem, nec testimonii factionem nullatenus possunt recipi; *ut VI, q. I, infames,* ubi hec verba omnino scribuntur; *et III, q. VII, si qui sunt,* ubi dicitur, si qui sunt vituperatores, vel accusatores episcoporum aut reliquorum sacerdotum, non oportet eos a judicibus ecclesie audiri, antequam eorum discutiatur estimationis suspitio vel oppinio, et qua intentione, qua fide, qua vita, qua conscientia, quo velamento, sive pro Deo, sive pro vana gloria, aut pro inimicitia, vel odio, vel cupidate ita presumpserint; *et in posteriori, c. III, q. VII,* ubi dicitur, quereudum est in juditio cujus sit conversationis et fidei is qui accusat, quoniam hii qui non sunt, honeste, bone fidei, et conversationis, et quorum vita est accusabilis, et quorum vita, fides et libertas nescitur, non permittuntur accusare; neque viles persone in accusationem recipiantur. TANCRETUS. Nota secundum eundem.

Que sunt crimina excepta.

Crimina excepta[1] sunt hec, crimen lese magestatis, perduellionis, crimen hereseos, symonie, sacrilegii, et secundum quosdam, crimen fraudati census. In hiis quippe criminibus, laici contra laicos indifferenter admittuntur, tam ad accusandum quam ad testificandum, nec repelluntur ratione criminis vel infamie, nisi sint conspiratores, vel inimici capitales, quoniam tales in nullo casu admittuntur, nec contra laicos, nec contra clericos; *extra, de sent. et re judic., c. cum I. et A.; et extra, de symon., licet Hely, et c. per tuas, versus finem utriusque capituli, in quibus idem dicitur.*

Et nota proprie, secundum eundem Tancretum, circa clericorum accusationes, exclusis quorumdam magistrorum oppinionibus, ita tenendum est, quod nullus admittatur, nisi sit clericus, vel esse possit illius ordinis cujus est qui accusatur, unde criminosi et infames et ceteri irregulares, qui sacerdotes esse non possunt, eos accusare non valent; *ut VII, q. VII, nullus, et c. testes; VI, q. I, qui crimen;* nisi suam vel suorum, etc.; *extra, de testib., de cetero;* nisi clerici mala fama sint respersi. Super crimine symonie; *extra, de symon., tanta; ad idem, II, q. I in primis, versus quod adversarius; extra, de symon., per tuas.* Hec omnia que dicta sunt de accusatione clericorum, ita intelligas de accusatione monachorum et monacharum; *extra, de accus., meminimus.* TANCRETUS.

[1] Tancrède, *loc. cit.,* p. 99.

An semel accusatus de crimine absolutus possit iterum accusari.

Si quis autem[1], accusatus de crimine, fuerit absolutus, non potest super eodem crimine iterum accusari; *ut extra, infra eund. tit., de hiis.* Sive enim crimen remissum sit a parte, recidivo dolore iterari non debet; *xxiii, q. iv, si illic;* sive per abolitionem nomen rei deletum sit, illius accusationem repetere non potest; *ii, q. ult., in fine;* sive crimen remissum sit per integram restitutionem; *ut ii, q. iii, § notandum;* sive accusatore non probante, reus sit absolutus, non potest accusatio refricari; *ut ff. ŋaut. caup. stab., l. licet, § ult.;* nisi in duobus casibus, scilicet cum posterior accusator docere paratus est priorem accusatorem prevaricatum fuisse; *ff. de prevaric., l. 3;* vel cum posterior accusator primam accusationem se docet ignorasse; *ff. de accus., l. si cui, § hiisdem.* GOFFREDUS.

In quibus causis criminalibus interveniat procurator.

Notandum est[2] quod, in causis criminalibus, requiruntur principales persone, nec intervenit procurator; *ut v, q. iii, in criminalibus; ff. de publ. jud., l. penult., § in crimen.* Fallit hoc, in crimine injuriarum; *ut iii, q. ix, § nisi.* Item, admittitur procurator ad accusandum; *extra, eod. tit., veniens; xxiii, q. v, reos.* Item, cum de crimine agitur non criminaliter; *extra, de procur., tue; et extra, c. in litteris; de sent. et re judic., cum I. et A.* Item in levibus criminibus, *ff. eod. tit., levia.* Item si crimen non excedit penam relegationis; *ff. an per alium cause appel., l. una.* Item, in crimine suspecti tutoris; *ff. de procur., l. non solum, § ult.* Item, cum quis accusat alium de ingratitudine; *ff. de procur., l. sed et hec persone, § patronus.* Item, in popularibus actionibus intervenit procurator ad agendum; *ff. de procur., l. licet, § in popularibus;* sed non ad deffendendum; *ff. de popul., act., l. qui populari.* Item, dominus deffendit servum in crimine; *ff. de accus., l. si cui, § ult.* Quidam tamen dixerunt quod semper intervenire potest in crimine procurator, ex parte rei, post litem contestatam; *ut v, q. iii, § reos;* sed illud locum habet in procuratore dato ad allegandas causas absentie, non causas cause; *ut ff. de procur., l. servum, § puplice.* GOFFREDUS.

In summa nota[3] quod, qualitercunque agatur de crimine contra aliquem, si fuerit mala fama respersus, licet convictus non sit vel confessus, ad purgationem canonicam est cogendus; *extra, de accus., cum P. Manconella; extra, de testib., c. tam litteris.* Immo[4], ex sola suspitione, videtur purgatio canonica indicenda; *extra, de off. jud., ex parte in fin.* Et nota quod, si tales in purgatione defecerunt, tan-

---

[1] Goffredus, *op. cit.,* liv. V, c. De accusationibus, etc., n⁰ˢ 12-13.

[2] Goffredus, *loc. cit.,* n° 14.

[3] Tancrède, *op. cit.,* liv. II, c. Qualiter contra criminosos agatur, p. 100.

[4] Nota immo.

quam convicti de crimine illo debent puniri, *ut in pred., c. cum P.* Sed si infamatus non est[1], in nullo casu compellendus est ad purgationem; *ut vi, q. ult., c. ult.* In crimine vero notorio, non est indicenda purgatio, nec oblata suscipienda, cum absque probatione potest condampnari; *extra, de purg. can., cum dilectus; extra, de accus., evidentia.* TANCRETUS.

DE INQUISITIONIBUS.

De natura inquisitionis et qualiter procedatur in ea secundum Goffredum.

In primis notaudum est[2] differentia[3] inter inquisitionem que fit contra singularem personam, et illam que fit tam in capite quam in membris, quia in prima, requiritur ordo ille quam habes, *extra, eod. tit., qualiter;* in secundo casu, de plano et sine strepitu fieri habet, *eod. tit., olim.* Ubi autem agitur de statu ecclesie, recipiuntur testes tales, quales in ecclesia reperiuntur. Et est ratio quia, ea que domi fiunt, per domesticos probari oportet; *ut C. de repud., l. consensu; extra, de testib., veniens.* Si vero contra singularem personam, tunc legitimi adhibentur; *extra, de sent. et judic., cum l. et A.*

Item, nota differentiam an judex ex officio suo descendat ad inquirendum, an aliquo procurante inquisitionem. Nam, in primo casu, inquisitor faciet jurare illum contra quem inquirit, ut super eo de quo inquirit ad interrogata respondeat; *extra, eod. tit., c. dilectus;* in secundo casu, non faciet illum jurare, sed promotor inquisitionis probabit illud super quo littere sunt optente, si ex delegatione inquiritur, vel coram ordinario, si ordinarius inquirat. Sed si non probaverit, tunc promotor vel adjutor inquisitionis punietur; *extra, eod. tit.[4], cum dilectus.* Item et aliam notabis differentiam, quia, cum inquisitor ex officio suo procedit, puplicatis attestationibus, denuo ab aliis testibus inquiret; *ut II, q. I, notum; II, q. V, habet hoc proprium, et c. nemini.* Cum autem aliquo adjuvante inquisitionem, non sic; timetur enim de subornatione.

Ubi fieri debet inquisitio secundum Goffredum.

Fieri autem debet inquisitio[5] in loco in quo persona de qua inquirendum est conversatur; *ut XXIII, q. I, paratus; XXIV, q. I, pudenda; et de elect., postquam.* Citabitur autem is contra quem inquirendum est, et significabuntur ei crimina de quibus est inquirendum; *ut V, q. II, si primates; extra, c. qualiter, § debet.* Is autem contra quem inquiritur poterit opponere contra inquisitorem de suspecto; *extra,*

---

[1] Nota bene.

[2] Goffredus, *op. cit.,* liv. V, c. De accusationibus, etc., n°ˢ 15 et 16, fol. 190.

[3] Nota istas tres differentias.

[4] Scilicet, *de calumniatoribus, c. 3.*

[5] Goffredus, *loc. cit.,* n°ˢ 17-20, fol. 190.

c. cum oporteat, et c. qualiter; extra, de symon., licet Hely, et c. per tuas. Nam ubi de crimine excepto inquiritur, speciale est ut criminosi admittantur. Si ergo inquiratur de non excepto, non admittetur; *ut II, q. I, deus; extra, de testib. cogend., preterea.* Poterit objicere in dicta testium; *extra, c. qualiter, S debet;* qui poterit excusationes suas proponere; *extra, c. cum dilectus.* Inquisitor faciet jurare illos qui denunciaverunt, *ut in S licet Hely.* Secus, et cum agitur per modum accusationis, quia si semel apparuit inter accusatores, testis esse non potest, *ut extra, S cum P.*

Forma juramenti testium in causa inquisitionis diversa est a forma illa que in causis aliis observatur. Nam, in aliis causis, jurat testis dicere veritatem de hiis que vidit et que in presentia illius acta sunt; *III, q. I, testes, et S de hiis, et c. hortamur.* Sed in causa matrimoniali, cum de consanguinitate agitur, forma juramenti testis est, quia jurabit testis de hiis que novit circa parentelam vel credit et quod a majoribus accepit; *extra, de testib., licet;* et in hiis casibus in quibus agitur in figura judicii et sunt partes, testis dicet, tam pro una parte quam pro alia, nam communis est; *ut XXIV, q. VI, non sane.* In inquisitione vero, forma juramenti est ut super crimine dicat veritatem, *ut in decr. licet Hely.* Si vero super statu ecclesie inquiratur, tunc forma juramenti testium duplex est. Nam aut jurat dicere veritatem de hiis que scit vel credit in ecclesia reformanda, exceptis occultis; *ut extra, c. olim;* vel quod respondebit ad interrogata; *extra, c. cum dilectus.*

Qualiter puniendus sit qui convincitur in causa inquisitionis.

Sed et si is [1] contra quem inquiritur convincatur, qualiter puniendus sit, a nonnullis in dubium revocatur, eo quod, circa hoc, diversimode jura loquuntur. Ad hoc dico quod, si contra prelatum administrationem habentem inquiratur, certa est pena, scilicet ab administratione remotio, exemplo villici; *extra, c. qualiter;* tunc enim non erit arbitraria. Nam facti quidem questio in arbitrio est judicantis, pene vero persecutio non ejus voluntati mandatur, sed legis arbitrio reservatur; *ut II, q. III, S notandum;* et accedunt ad idem, *ff. de verb. signific., si qua pena, ff. ad Turpill. l. 1, S 1.* Si vero fiat inquisitio contra privatum non habentem administrationem, tunc est arbitraria pena, nam tunc secundum persone merita et qualitatem excessus, penam poterit judicantis discretio moderare; *extra, c. inquisitionis, in fin. I responsio; et arg. de symon., c. de regularibus, et c. dilectus.* Sed hec fallunt in criminibus enormibus qui ordinis suscepti executionem aut retentionem beneficii, etiam post peractam penitentiam, impediunt, ut est videre in homicidio et symonia, in ordine et beneficio; *extra c. inquisitionis.* In

---

[1] Goffredus, *loc. cit.*, n° 21.

8

hiis enim et in similibus, sic esset sicut in accusationis judicio procedendum, ut in c. *inquisitionem.*

Que sunt enormia delicta, que mediocra, que occulta.

Hugo, cum suo rigore[1], dicebat quod, qui semel peccat mortaliter post baptismum non potest amplius promoveri vel aliquos actus legitimos exercere; *ut xxv dist., primum; lxviii dist., quoniam; i, q. vii, si quis omnem; l dist., illud; vi, q. i, qui crimen; viii, q. i, in scripturis in fin.; et Martinus. inducebat l. ff. de edit. c. quis sit fugitivus, i resp.*; nam fugitivus servus est qui ea mente fugit ne ad dominum redeat, quamvis postea, mutato consilio, revertatur; nec fur purgat vitium furti, etsi rem restituat; *ff. l. de furt., l. qui ea mente;* nec raptor, vitium rapine; *ff. vi bon. rapt., l. penult.* Alii dicunt quod, post quolibet mortale peccatum acta penitentia, potest quis promoveri, nisi sit crimen enorme; *ut lxxxi dist., apost.*; et est arg. ad hoc, *l dist. ferrum; ff. de edil. edict., l. quod ita sanatum est, quia deffectus nostri temporis, etc.; ut xxxiv dist., fraternitatis.* Tertii dicunt quod, quantumcunque sit grave delictum, dummodo sit occultum, post penitentiam non impedit promovendum; *ut l dist., de hiis.* Iste oppiniones tolluntur unica decret., *extra, de temp. ordin. et qualit., c. ult.* Nam enorme delictum, quantumcunque occultum, etiam post peractam penitentiam, et promoveri non sinit, et impedit executionem ordinum etiam susceptorum. Mediocre, non notorium de jure vel de facto, post peractam penitentiam, et promoveri permittit et non impedit in susceptis. Sed, ante penitentiam, dampnabiliter in susceptis ordinibus ministratur leve delictum, sive occultum, sive manifestum, nec promotum dejicit nec impedit promovendum.

Enormia delicta que*hoc operantur quod superius dictum est, tria sunt : homicidium; *l dist., miror; i, q. vii, si quis omnem; de const., dist. i, c. i;* heresis in qua post vulnus sanatum remanet cicatrix; *i, q. i, ventum;* et symonia in ordine; *extra, de accus., inquisitionis.* Et est ratio, in homicidio, horror sanguinis; in heresi, inmanitas criminis; in symonia in ordine, vitium et infectio ordinis.

Sed, et hoc idem operantur mediocra crimina, ut adulterium, perjurium, falsum testimonium, si notoria sint, de jure vel de facto; *extra, de temp. ordin., c. ult.*

Dicuntur et quedam alia enormia, non tamen hoc respectu, sed alio, silicet quia indispensabilia, ut est symonia in beneficio; *i, q. i, erga, et q. ult., patet*[2]. Dis-

---

[1] Goffredus, liv. I, c. De tempore ordinationem, etc., n⁰ˢ 16-19, fol. 20. — [2] De hac materia tractatur plenissime, infra, *De dispensationibus, § adde tamen,* cum sequentibus, vi⁽ᵐᵒ⁾x folio.

pensatur tamen cum non symoniacis symoniace promotis; *extra; de sym., de regularibus, et c. insinuationem; extra, de elect., si alicujus; 1, q. v, presentum.* Nec obstat, *extra, de symon., nobis;* quia illa alio modo intelligo quam littera sonet. Goffredus [1].

Dominus Raufredus, in summa sua, sic de inquisitionibus tractat.

Et eccc [2], de jure civili, si aliquis de familia dicatur occisus, et constat illum esse occisum, quocunque modo, sive per vim sive per cedem sit interfectus, vel jugulatus aut strangulatus, vel saxo, vel fuste, vel lapide percussus, vel alio quocunque modo necatus, preses provincie procedet ad inquisitionem, quia sumet questionem de familia, et illam torquebit, ut sciat occisores [3]. Si autem veneno, vel sine vi, dicatur aliquis occisus, licet non fiat inquisitio, per senatusconsultum Sillanianum, fit tamen inquisitio per legislatorem Ulpianum; *ff. de senatuscons. Sill., l. 1, § occisorum, et § si quis non metu.* Item fit inquisitio quando accusatio fuit proposita, et accusator, pecunia corruptus, a reo absolutionem vel abolitionem petiit. Si hoc judex per inquisitionem invenit, competentem penam imponet, etiam sine accusatore; *ut C. de abolit., l. abolitio.* Item procedet ad inquisitionem, ex officio suo, preses, quia queret et inquiret latrones et malos homines ut provincia malis hominibus purgetur, et receptatores ipsorum, sine quibus diutius malefactores latere non possunt, et in eos animadverteret, prout quisque deliquerit; *ff. de offic. presid., congruit.* Item, procedet ad inquisitionem, in crimine lenocinii, sine accusatore, et si invenit crimen commissum, penam imponet; *ut ff. de suspect. tut., § sed tamen.* Item procedet, sine accusatore, et capitalem penam imponet, si quis in ecclesias irruat et in ecclesiasticas personas; *ut C. de episcop. et cler., si quis in hoc genus.* Item, procedet ad inquisitionem, etiam sine accusatore, quando quis suspectis instrumentis utitur, et penam imponet, *ut C. de probat., l. jubemus.* Item, quotiens heres aliqua substraxerit de hereditate; *C. de jure deliber., l. sancimus, § licentia.* Item, optimam legem attende que loquitur in inquisitione facienda; *C. de naufrag., l. quotiens lib. x,* ubi dicitur quod, si navis sit obruta vel submersa, trium nautarum questione habita, solers inquisitor interveniet qui, si naturali sorte desicrint, in alios transfferatur. Item, quando unus de malefactoribus confitetur se socios habuisse, licet illi non credatur, quasi in ipso crimine confesso; *ut C. de accus., l. ult.;* tamen inquiritur de sociis; *ff. de questionib. l. 1, § si quis ultro* [4]. Raufr.

---

[1] Goffredus, part. 7, fol. 46 et 47.

[2] Nota causas, x scilicet, vel casus pro quibus descenditur ad inquisitionem, etiam sine denunciatore, de jure civili.

[3] Nota.

[4] C'est ici que se place le passage de Roffredus, cité plus haut, dans lequel il soutient que la procédure d'inquisition

8.

Quot sunt necessaria ad hoc ut ad inquisitionem procedatur[1].

Primo, necesse est[2] quod infametur de aliquibus criminibus; secundo, quod ille subditus sit de quo infamia loquitur; tertio, quod ad aures superioris fama sive infamia illa ascenderit; iv°, quod non semel tantum, sed sepius; v°, quod non a malivolis et maledicis, sed a providis et honestis; vi°, quod zelo justicie, non tipo malitie, talis infamia de aliquo predicetur. Sicut enim accusationem procedere debet inscriptio, sic et inquisitionem precedere debet clamosa insinuatio, et denuntiationem caritativa admonitio; que omnia probantur; *extra, de accus., super hiis, et c. qualiter et quando, et c. cum oporteat.* RAUFREDUS.

Qui possunt inquirere.

Nunc videamus[3] qui possunt inquirere. Et certe, legati domini Pape, domini Imperatoris. Dominus Papa, et dominus Imperator, non inquirunt: sed mandant inquiri. Item, episcopi in dyocesis suis. Item metropolitani, non tamen in clericis suffraganeorum suorum, nisi in casibus, *extra, de excessib. prelator, l. sicut unire.* Item, preses provincie. Item, omnes illi qui habent cognitionem cause criminalis, hoc est qui habent merum imperium. Et quando prelatus[4] descendit ad inquirendum, descendit cum canonicis suis; *ut LXXXVI dist., si quis vero;* nomine enim suorum canonicorum, canonici majoris ecclesie intelliguntur; *extra, de verb. signif., cum canonicis.* Et si abbas est infamatus, credo alios abbates esse sue dyocesis adjungendos; *XXIIII dist., si quis abbas.* RAUFREDUS.

An aliquibus exceptionibus uti possit is contra quem inquiritur, seu is contra, quem inquisitio est impetrata.

Et certe, potest uti[5] exceptionibus multis[6]. Ecce, citabitur iste contra quem est inquisitio impetrata, per judicem cui commissa est inquisitio. Et in primis, citatus petet copiam rescripti, quam inquisitor ille facere debet, alias non posset procedere. Facta copia, faciet collationem illius exempli cum originali, et diligenter consideret an illud originale sit verum, vel aliquod vitium falsitatis possit deprehendi in filo, et in bulla, et in aliis de quibus loquitur constitutio, *extra de falsar., licet;* hec leguntur, *extra de off. jud. deleg., cum in jure peritus; et C. de*

---

a été tirée du droit civil : *In his exemplis,* etc.

[1] *Que* VI *sunt necessaria ad hoc quod ad inquisitionem procedatur.*

[2] Roffredus, *Solennis tractatus libellorum,* etc., fol. 47, col. 1.

[3] Roffredus, *loc. cit.,* fol. 47, col. 1.

[4] Nota.

[5] Roffredus, *loc. cit.,* fol. 47, col. 2.

[6] Nota, istas v^que exceptiones quibus uti potest is contra quem inquisitur, seu is contra quem inquisitio est impetrata.

mand. princ., l. una. Secundo, consideret si persona inquisitoris possit illi esse suspecta, aliqua ratione, et si est, tunc causam suspicionis proponat, et eligetur arbiter; *extra, de off. deleg., suspicionis; et extra, de appel. cum. speciali.* Et hoc locum habet, sive committatur inquisitio ordinario, sive extraordinario, uterque enim potest recusari; *ff. de liber. causa, ordinata, et C. si rector provinc., l unica.* Multotiens enim dominus Papa ordinario committit, puta ut visitent ecclesias et corrigant aliquando, ut tam auctoritate nostra quam sua visitent; sed propter hoc remedia juris non aufferuntur; *extra, de off. ordin., licet; extra, de censib., cum nuper.;* quod enim possit recusari legitur, *iii, q. viii, judicetur ille.* Tertio, consideret diligenter tenorem rescripti et inquisitionis, et si invenerit formam talem : Venientibus ad sedem apostolicam, G. et H., nobis multa enormia de suo episcopo nuntiaverunt, que non potuimus sub dissimulatione transire, quare mandamus, etc.; tunc excipiat sic : Domini judices, seu inquisitores, isti qui hanc inquisitionem impetraverunt, non zelo justitie, sed typo malitie, ducti fuerunt, et talia summo pontifici nunciarunt, seu melius suggesserunt; sunt enim inimici mei manifesti, et cum meis hostibus conversantur; consanguineos suos aut complices intendunt producere contra me; isti sunt sacramenti mihi prestiti transgressores, unde non ad denunciandum aliquid contra me enorme debuerunt, nec debent admitti, nec ad prosequendam inquisitionem, nec ad testificandum contra me; cum sint istis et aliis multis criminibus irretiti; item nec unquam fama mea in aliquo lesa fuit. Tunc inquisitores, in casu isto, ad inquisitionem non procedent, nisi constet ejus famam ante lesam fuisse. Unde super hoc inquirent utrum inveniant famam illius lesam vel non; et si non, non recipiant testes de maleficiis ab illo commissis, sed que sit fama, quid dicant homines de eo; et si invenerint famam lesam, tunc ad inquisitionem criminum denunciatorum procedent, non quod illi admittantur ad processum inquisitionis nec ad testificandum, sed alii; et tunc isti repelluntur, ita et si ille contra quem fit inquisitio illos tales esse probaverit; alioquin admittentur. Hec omnia probantur, *extra, de accus., cum oporteat.* Et sic, in casu isto, multum protelabitur inquisitio, sicut de facto quilibet videre potest. Si autem probatur illius fama, et episcopus probaverit illos tales sicut diximus, ad inquisitionem non procedetur, sed indicetur sibi purgatio.

Si autem tenor rescripti sit talis : Ad nos fama defferente, noveritis recepisse quod talis frater noster, episcopus talis loci, enormia multa commisit; tunc quidam dixerunt opponendam hanc exceptionem: Domini inquisitores, non debetis ad inquisitionem procedere, quia ista vice enormia sunt nunciata; et sic sit semel tantum, et non sepius. Item, si non semel sed sepius : ipsi nunciatores sunt symoniaci, maliciosi, et inimici mei, et tales de quibus supra dixi, a quibus illa fama frequens ortum habuit, et hic sum paratus probare. Tunc inquisitores ad inquirendum supersedere debent, donec episcopus probet; et si probaverit, indicetur sibi purgatio; et si non probet, procedatur ad plenam inquisitionem, *per c. cum oporteat, et c. qualiter et quando.*

. Quarto, opponet exceptiones et replicationes contra testes qui contra eum preducuntur; *ut in c. qualiter et quando ;* et faciet hic interrogationem, *ut ibi ;* et articulorum de quibus est infamatus fiet sibi copia et tunc sic faciet. Ecce, super adulterio fiet inquisitio; inducentur testes; tu facies interrogatorium titulum sic : Domine, si testes dixerint quod ego commisi adulterium [1], queratis cum qua, in quo lecto, in quo anno, in quo mense, in quo die, et qua hore diei, et queratis si interfuerint et viderint, et queratis si cognoscant mulierem, et queratis si odio, timore, amore, gratia instructi, deponant.

Quinto, puplicatis attestationibus, excipiet de dictis, si forte testes, inter se contrarii, de loco discordent, sicut in Susanna; item de tempore, quia unus in februario, alius in martio; quia testes non sunt ydonei, quos varietas temporis non admittit; *ff. ad l. Corn. de fals., l. eos qui; iii, q. ix, c. pura.* RAUFREDUS.

Caveant et attendant [2] super illis articulis tantum super quibus infamia precessit, et non super aliis recipiant libellos, et non recipiant libellos vel articulos occultos; *extra, de accus., inquisitionis.* RAUFREDUS.

Item, attendant inquisitores quod, si quos monachos inveniunt in conventu, seu canonicos in capitulo, suspensos, excommunicatos, sive a prelato suo, sive ab alio, post inceptum negotium, sive etiam spoliatos, quod illos absolvant et restituant, ne inquisitio valeat impediri; *extra, c. olim;* et etiam si ante inceptum negotium essent excommunicati, absolvendi essent ad cautelam [3]. Item, si inveniant clericos, seu monachos, prestitisse juramenta de veritate tacenda, sicut multi prelati fraudulanter faciunt, quod illa sacramenta relaxent, nec videntur dejerare cum ex concessa causa deserant jusjurandum; *extra, c. olim; ff. qui satisd. cog., l. ult.;* tale enim sacramentum non tenet; *extra c. constitutus.* Item faciant, medio tempore, inquisitores, monachos et conventum obediri mandato abbatis, licet enim fiat, medio tempore, inquisitio contra eum, non est, medio tempore, jure suo privandus. Item, si aliqui debent illam inquisitionem prosequi, faciant tribus de illis, vel quatuor, de bonis monasterii provideri; *extra, c. cum olim, et c. ex parte.* Item, in inquisitionibus procedant, sine strepitu judiciorum et de plano, *ut in c. cum olim.* RAUFREDUS.

---

[1] Nota que interrogationes fieri debent testibus productis ad probandum adulterium.

[2] Roffredus, *loc. cit.*, fol. 48, col. 1.

[3] Quid facere debent inquisitores procedentes in inquisitione super statu ecclesie.

Qualiter secundum eundem puniuntur rei qui per inquisitionem convincuntur.

Et certe[1], si per testes contra ipsos nihil est probatum, absolvi debent, purgatione sibi indicta; *extra, de testib., ex litteris; extra, de accus., inquisitionis, etc. cum oporteat; extra, de purg. can., c. ii.* Si autem probatum est aliquod crimen de quo fuerant infamati, tunc distingue. Aut est tale crimen quod exequtionem suscepti ordinis et retentionem beneficii, etiam post peractam penitentiam, impediat, verbi gratia, homicidium, vel symonia, quia si, pro symonia, ordinem est adeptus, tunc, sicut accusatus, deponetur ab officio, et beneficio, et ordinum exequtione; tunc inquisitores istum ab officio et beneficio privabunt perpetuo; alioquin, si non sit crimen ita grave, tunc, secundum persone merita et qualitatem excessus, penam poterit discretio judicis moderare; *extra, de accus., inquisitionis*[2].

Et nota quod, licet in litteris Pape ponatur aliquando, inquiratis, nunquam tamen, propter hoc verbum, procedet ad inquisitionem; sed judiciarius ordo servabitur, maxime si ponatur, in rescripto, vocatis qui fuerunt evocandi; *extra, de judic., exhibita.* Raufredus.

De hac materia et de materia accusationis multa alia et infinita bona dixit dominus Raufredus, in Summa sua. Sed diffusissimus est, et multum legalis; ideo hic non insero. Sed et idem, reprehendendo dominum Tancretum super illa materia, scilicet qualiter facienda est inquisitio, secundum Tancretum, super criminibus super quibus fama precessit, scripsit sic : Nota, dicit ipse.

Nota quod dicit Tancretus quod inquisitio facienda est[3] super hiis duntaxat articulis super quibus frequens fama precessit, apud bonos et graves, nec habuit ortum ab inimicis. Et hoc modo procedendum est. Si aliquis infamatus est apud judicem suum ordinarium, judex debet prefigere terminum accusare volentibus, ut procedant ad accusandum; *extra, de purg. can., c. ult.* Unde, et si appareant qui velint et valeant canonice accusare infamatum, audiantur; *ii, q. v, omnibus; et xvi, q. i, c. i ; extra, de purg. can., c. ex tuarum*[4]. Si vero accusator non appareat, et fama mala crebrescat, tunc episcopus, vocatis canonicis suis senioribus, procedet ad inquisitionem; *extra, c. qualiter et quando; et de symon., licet Hely; lxxxvi dist., si quis vero.* Et si est aliquis qui prosequatur inquisitionem, audiat illum, et recipiat testes ab illo nominatos. Si vero nullus appareat prosequtor, vel apparuerit, et repulsus est quoniam potest excipere contra illum et probare bonam famam, tunc judex, ex officio suo, testes inducat; *extra, c. cum*

---

[1] Roffredus, *loc. cit.,* fol. 48, col. 2.

[2] Supra, eod. tit., § qualiter puniendus, et § que sunt enormia.

[3] Roffredus, *loc. cit.,* fol. 50, col. 1.

[4] Peroptima est ista glosula Tancreit, licet dominus Raufredus irrideat ipsam.

oporteat; et xi, q. iii, precipue; et arg. ii, q. v, presbiter, si a plebe. Et nota quod certus debet esse ille contra quem fit inquisitio, super quibus criminibus inquisitio facienda est, nec debet fieri, secundum cartulam occulte datam, ut habeat copiam deffendendi se, et sciat super quibus fiat inquisitio contra eum, quoniam, si probarent de quibus non esset infamatus, non esset propterea puniendus, *ut in c. qualiter et quando, extra, de accus., inquisitionis,* que mirabiliter extrificant formam inquisitionis. Quia, receptis testibus, debet fieri puplicatio, et dicta eorum et nomina addicenda sunt, ut habeant salvas exceptiones, tam contra dicta testium quam contra personas, et detur sibi copia deffendendi se, *ut in c. inquisitionis.* Et si fuerit probatum crimen, puniatur ad arbitrium judicantis, secundum qualitatem criminis, ita quod non degradetur, sed ab administratione removeatur, sicut villicus in evangelio; *extra, c. qualiter et quando;* nisi esset convictus tali genere delicti, quod, retento ordine, non posset penitere, puta homicidio[1], vel symonia, quoniam tunc puniendus est ac si accusatus esset et convictus; *extra, de accus., inquisitionis*[2]. Si vero non fuerit convictus per testes, et mala fama perduret, judex indicet ei purgationem, secundum qualitatem delicti, infamie et persone, in qua si defecerit, punietur canonice; *extra de symon., de hoc, et c. insinuatum; extra, de purg. can., cum P. Manconella.* Si vero infamatus contumax est et non apparet, judex potest contra eum procedere, etiam lite non contesta, et testes contra eum inducere, vel recipere; *ut extra, de testib., c. olim; et est arg. expressum, extra, ut lit. non contest., quoniam frequenter, § 1.* Quales autem testes in inquisitione recipi debeant, probatur, *extra, de sent. et re judic., et extra, de symon., licet Hely, et c. per tuas;* quia layci et mulieres; *extra, de testib., quoniam nobis, et c. cum litteris.* Sed si causa inquisitionis commissa fuerit judici delegato, debet significare illi vel illis contra quem vel quos datus est inquisitor, et debet procedere ad locum illum, si commode fieri potest; aliter infamatum vocare debet ad se, et, presente illo et adversariis suis, si adversarius habet, leget litteras illas commissionis; *extra, de calomn., c. ii; et ii, q. i, Deus omnipotens; et extra, de off. jud. deleg., cum in jure.* Et debet querere ab illo, si infamia precesserit de hiis contra eum que puplice gesta sunt. Si hoc profitetur, procedant ad inquisitionem faciendam. Si vero negent infamiam processisse, si est qui prosequatur inquisitionem, audiat ejus probationes quod infamia precessit, et etiam audiat probationes illius quod non sit infamatus, vel si est infamatus, querat an infamia habuerit ortum ab inimicis, vel a vilibus, quoniam probatio bone fame preferenda est probationi infamationis, dummodo legitime probetur; *extra, c. qualiter et quando, et cum oporteat; extra, de purg. can., cum in juventate.* Et si probet exceptiones legitimas, non procedet judex ad inquiren-

---

[1] Et heresy. — [2] Supra, eod. §, proxime, et § qualiter, et § que sunt enormia.

dum; alioquin procedet ut, vel absolvat, vel purgationem indicat. Et istis modis proceditur, cum agitur in modum inquisitionis; *extra, c. cum olim.* Et dicit ipse Tancretus quod, cognitionum III^or sunt genera : aut agitur de capitali crimine, aut de fama, aut de re pecuniaria, aut de honoribus, sive muneribus augendis; *ut ff. de var. et extraord. cogn., l. pen.* TANCRETUS. Notulam istam Tancreti, dicit dominus Raufredus, ideo inserui, propter brevitatem sui, et ne videar ipsum contempsisse [1]. RAUFREDUS.

DE DENUNCIATIONIBUS.

Denunciatio est [2], aliquem reum super aliquibus criminibus defferre, ita quod ista prepositio *de* augeat denunciationem; ut intelligatur de criminibus; nam hec prepositio *de* auget depositum : *ff. depositi, l. 1.*

Que sint necessaria ad hoc quod locum habeat denunciatio, et qualiter in ea procedatur.

Primo, oportet [3] quod caritativa admonitio precedat, juxta illam auctoritatem, *Si peccaverit in te tuus, etc., extra, de judic., novit ille, et verius Math. xviii c.;* quam auctoritatem exponit Guillelmus Duranti sic : Si peccaverit in te [4], id est contra te, vel te sciente, frater tuus, id est quilibet christianus; *xi, q. iii, ad mensam;* vade et corripe, id est, caritative argue eum inter te et ipsum, id est secrete; *ii, q. i, si peccaverit.* Si te non audierit, adhibe tecum unum vel duos, scilicet de illis qui sciunt, alias esses proditor criminis; *ut in pred. c., si peccaverit;* quod esse non debet; *ut de penit., dist. vi, placuit;* vel talibus qui possint prodesse et non obesse; *ut xxii, q. v, hoc videtur;* ut in ore duorum, scilicet tui et alterius, scilicet quando unum adhibens, vel trium, scilicet tui et duorum, quos adhibens stet omne verbum, id est, probetur caritativa monitio. Qui si te non audierit, scilicet cum effectu, quia se non corrigit, dic, id est, denuncia ecclesie, id est, prelato qui est in ecclesia; *ut vii, q. i, scire.* Si autem ecclesiam, id est, prelatum seu ejus monitionem audierit, sit tibi ethnicus, id est, gentilis; *i, q. i, nonne;* vel alienus a participatione et puplicanus, et id est, puplice peccans; et hoc verum est, si tamen prius sit ab ecclesia expulsus; *ut lxv dist., sed illud;* per quam auctoritatem evidenter apparet quod denunciationem debet caritativa monitio precedere. GUILL. DURANTI.

[1] Voici les propres termes de Roffredus : Tancredi istam notulam inserui, propter brevitatem sui, et ne videar doctores juris canonici in contemptu habere.

[2] Roffredus, *loc. cit.,* fol. 48, col. 4.

[3] Roffredus, *loc. cit.,* fol. 48, col. 4.

[4] Guillaume Durant, *op. cit.,* l. III, p. 1, de denunc., § 2, n° 3, p. 23.

Unde, si venit quis ad curiam[1], sicut sepe de facto vidi, dicit Raufredus, multo
male nunciet de prelato suo, dicatur sibi, quomodo et qualiter denuncias; vis
accusare. Si dicat, volo, dicatur sibi, oportet te inscribere, et dare libellum, sicu
supra in accusatione dixi, et sic citabitur accusatus. Si vero nolit accusare, dica
tur sibi, quid vis, quare denuncias. Dicet ille, volo quod inquiratur; et tunc
dicatur illi, quia clamosa insinuatio non processit non admittimus te. Dice
ille, domine, et ego denuntio, saltem ut scribatur illi nostro episcopo, quia ille
malus est ut se ipsum corrigat, alioquin scribatur alicui quod debeat ipsum corri
gere, ad solam enim correctionem proceditur, quotiens in modum denunciatio
nis agitur; *extra, de accus., super hiis*. Tunc dicatur ei, precessit ne caritativa
admonitio. Dicet ille, domine, sic; et sic littere conceduntur. Si autem dixerit,
non admonui caritative, tunc non audietur, nec litteras reportabit; *extra, de accus.
dilectus*. Vadet iste clericus ad dominum episcopum et dicet sic, domine, talia
dicuntur de vobis, quod vos habetis concubinam quam non debetis habere; *C. de
episc. et cler., l. eum qui;* quia luditis ad tabulas, quod est episcopis interdictum;
C. eod. tit., autem interdicimus; vel similia facitis; moneo vos, pro Deo et intuitu
pietatis, quod ab istis cessetis, non sitis prodigus fame vestre; *extra, de accus.,
licet in beato Petro,* etc. Credo quod ista prima admonitio fiat per illum et solum,
juxta premissam auctoritatem. Si se castigaverit, ecce bene lucratus es fratrem.
Si autem ipse eodem adhuc laborat vitio, adhibeas tecum II vel III, et solus
coram eis repetes predicta verba admonitionis. Si te non audierit, dic ecclesie,
id est, superiori, et fiet istud quotiens opus fuerit; *ut ff. de edendo, l. veluti.*

Secundo, est necessarium quod ille qui admonuit, et modo denunciat, non
laboret eodem vitio, vel majori; nam tunc non admittittur; nam nec mechus
mecham accusat. Non ergo denunciabit, puplicus concubinarius, non conspira
tores, non homicide, non symoniaci; *extra, c. cum dilectus, et c. inquisitionis.* Sed
potius dicetur eis ejicere prius trabem ab oculis vestris quam festucam ab oculo
fratris vestri.

Nunc videamus qualiter ad denunciationem secundum eundem Raufredum procedetur.

Pone quod littere transeunt[2]. Venient littere ad episcopum. Si non corrigit se,
veniet ille cui correctio est commissa, et dicet, domine episcope, talia sunt nunciata de vobis domino Pape. Si autem confitebitur, ecce bene; si non autem, procedetur eo modo sicut in inquisitione, et si vera illa invenerit, corriget illum tantum, non deponet eum, nec privabit eum ab administratione, sicut in accusatione
et in inquisitione. Et hec vera sunt, nisi sit tale crimen denunciatum, quod amo-

---

[1] Roffredus, *loc. cit.,* fol. 48, col. 4. — [2] Si te audierit, lucratus erit fratrem tuum,
id est, animam vel salutem fratris, eum a peccato retrahendo.

veat ab officio et beneficio, etiam post peractam penitentiam, ut in homicidio, symonia et similibus; aliter autem indicetur penitentia illi episcopo, ut jejunet ɪɪɪ annis vel ɪɪɪɪ[or], vel quod abstineat secundum quod superioris religio providebit; *ut extra, de accus., inquisitionis; extra, de symon., quoniam* [1]. Rauffredus.

Qui admittantur ad denunciandum.

Et est sciendum quod, ad denunciandum[2] tenentur, omnes secundum quosdam; *ɪɪ, q. ɪ, si peccaverit, et q. vɪɪ, quia propter; xɪ, q. ɪɪɪ, precipue; xxvɪɪɪ, q. ɪɪɪ, quam sacerdos, xʟv dist., illud;* quod Hugo concedit. Sed dura est hec oppinio, et multos constituit transgressores, et propterea alii benignius dicunt quod illud mandatum evangelium, *si peccaverit, etc.,* non extendetur, nisi ad illos qui in magistratu sunt positi, sive sint clerici, sive laici; *ad hoc est arg. xxxɪɪɪ, q. ɪɪɪɪ, duo ista nomina; xvɪɪ, q. ɪɪɪɪ, de presbiterorum;* quo ad alios autem est consilium; et hoc verum est in peccato commisso; secus, in committendo; nam quo ad illud est preceptum; *xxɪɪ, q. v, hoc videtur;* quicunque ergo habet familiarem tenetur corrigere; *ut in c. duo ista; xxxɪɪɪ, q. v, non putes;* et quod intelligatur preceptive quo ad prelatos, consultive quo ad privatos; *est arg. xxxɪɪɪɪ, q. ɪɪɪɪ, c. ɪ.*

Sed dubitatur an infames et criminosi admittantur ad denunciandum, et videtur quod sic, quia omnes ad hoc ex precepto tenentur, secundum unam oppinionem, ut dictum est, sed contra quod tantum honestiores persone admittantur; *ut xxxv, q. vɪ, episcopus in synodo;* et non infames; *extra, de testib. cogend., preterea.* Scripserunt Johannes et Tancretus, quod quilibet admittitur ad denunciandum, dummodo bono zelo denunciet; *extra, de sent. et re judic., cum I. et A.* Sed licet admittantur infames et irregulares, non tamen criminosi; cum enim criminosi non correxerint crimina sua, presumitur quod malo zelo denuncient aliena. Has sententias approbo, ut tamen inter denunciationem et denunciationem distinguas. Quia denunciatio que fit a peccato commisso, est evangilica, sed illa que fit a committendo, est canonica. Ad hanc canonicam quilibet admittitur; *extra, de cogn. spir., tua;* ad hanc qualiscunque notitia sufficit; *ut in c. hoc videtur.* Ad quam non faciendam, si quis se juramento astrinxerit, non tenet; *extra, de jurejur. quemadmodum;* que omnia in denunciatione evangelica non contingunt, ut dictum est.

Quamvis autem possit quilibet, dum tamen non criminosus, ut dictum est, peccatum denunciare commissum; *ut in Aut., quomodo oporteat episcopos, § licentiam, coll. ɪ; et in Aut., de non alien. aut permut., § ult., coll. ɪɪ;* et circa accusationum sollempnia; *ut ɪɪɪɪ, q. ɪɪɪɪ, § [   ], et C. de accus. et inscript., l. ea que.* Tamen nunciatores hiis que nunciant assistere debent; *ut ff. ad Turpill, l. ab*

---

[1] Roffredus, *loc. cit.,* fol. 49, col. 1. — [2] Goffredus, *op. cit.,* l. V, c. De accusationibus, etc., n°ˢ 30 et 31, fol. 191.

accusatione, § *nunciatores; C. de accus. et inscrip., l. singuli;* et si non probaverint quod denunciant, punientur; *infra, c. cum dilectus, vel extra, de calumpn., c. cum dilectus.* GOFFREDUS

Qualiter procedatur contra eum contra quem agitur per modum denunciationis secundum Tancretum.

Cum vero per modum denunciationis[1] agitur de crimine alicujus, tunc non est inscriptio necessaria; sed caritativa debet precedere admonitio, ut peniteat et a malo recedat, et monendus est secundum regulam evangelicam, *si pecca-verit, etc.* Unde, si te denunciator non premonuerit, repellitur a denunciatione; *extra, de accus., cum dilectus.* Et nota quod, criminosi, et infames, et inimici, possunt a denunciatione repelli, *per illud evangelicum,* Ypocrita, ejice primo tabem ex oculo; et est *ad idem, iii, q. vii,* Qui sine peccato est vestrum, primus in illam lapidem mittat; ad aliena quidem peccata punienda ibant, et sua impunita relinquebant; revocentur itaque ad conscientiam intus, ut prius peccata propria corrigant et sic aliena reprehendant; ut est videndum in eo qui prosequitur inquisitionem; *extra, de accus., cum oporteat;* ubi, dicitur quod si fuerit ad inquisitionem procedendum, ipsos quos constiterit ejus esse inimicos, nec ad prosequendam inquisitionem, nec ad perhibendum testimonium contra ipsum admittantur.

Pena hujus processus est mitis, quia debet sibi penitentia imponi pro illo crimine, et credo propter hoc eum non esse deponendum a dignitate vel ordine, nisi delicti quantitas cogeret judicem aliter procedere, quia convictus est de symonia, de qua potest penitere reddendo quod symoniace acquisivit, vel nisi infamatio inde, vel scandalum oriatur; *ii, q. v, si mala; extra, de accus., inquisitionis,* § *ult.* TANCRETUS.

DE OBJECTIONE CRIMINUM.

Et quem effectum habeat crimen objectum per modum exceptionis,
secundum Raufredum.

Videamus nunc quem effectum[2] habeat crimen objectum in modum exceptionis, et qualiter judex debeat procedere, et an aliqua pena sit imponenda accusatori, si crimen contra ipsum probatum fuerit, vel si non probat ille qui excipit.

---

[1] Tancrède, *op. cit.,* Qualiter contra criminosos agatur, p. 90. — [2] Roffredus, *op. cit.,* part. 7, fol. 49, col. 2.

Sciendum est ergo quod, non solum jure canonico, sed et civili, crimina in modum exceptionis opponuntur, aliquando contra accusatorem, aliquando contra
testes, et aliquando contra aliquos qui promoveri debent; et certe, in omnibus
istis, refert qualiter quis objiciat crimen. Aut enim, ut repellat accusantem ab
accusando, vel testem a testificando, tunc enim qui excipit, non inscribit; *extra,
de symon., licet Hely;* et si non probaverit ille qui excipit, non punitur ille contra
quem excipitur, nec propter hoc fit infamis. Nam testis contra quem excipitur non
propter hoc fit infamis; *ff. de hiis qui not. infam., l. Lucias; et extra, de ordine, cum
dilectus, § ult. ; extra, de testib., super eo ; extra, de symon., licet Hely, et c. per tuas.* Idem
etiam est, quotiens crimen contra accusatorem opponitur per modum exceptionis,
quia non inscribit qui excipit, nec punitur aliquis illorum, sive ille qui excipit, etsi
non probat, sive ille contra quem excipitur, si probatur; *xxxii, q. vii, nihil iniquus ;*
ubi maritus accusabat uxorem de adulterio, et mulier excipiebat de adulterio commisso a viro; mulier enim recte excipit et recte ille ab accusando repellitur ; quo
modo enim uxorem condampnat, cum ipse agat que judicat; qui enim, fornicationis
causa, uxorem vult abjicere, debet et ipse esse a fornicatione purgatus; *xxii, q. vii,
si ducat et c. iniquum, et c. indignant, et c. non mechaberis.* Excipitur etiam de crimine
contra accusatorem, et sine libello, et sine pena; *ut vii, q. vii, si qui sunt, et c. querendum.* Item et de jure civili. Quomodo ab uxore pudicitiam exigit quam ipse non
habet; cum maritus uxori colendi bonos mores debeat esse auctor; *ff. de adult., l.
si uxor, § judex.* Et sic paria delicta mutua compensatione abolentur; *ff. solut.
matrim., l. viro atque uxore.* Item crimen lenocinii repellit maritum, si uxorem
dampnatam sciens retineat; *C. ad l. Jul. de adult., l. castitati;* sed hodie hoc corri-
gitur, *per Auth. ut nulli jud., § adulteriis, coll. viii.* Item crimen in modum exceptionis objectum repellit agentem seu accusantem, puta lenocinii, quando facit
maritus questum de uxore, que exceptio ita demum ab accusato opponitur, si
liber est, alias non ; *ut C. ad l. Jul. de adult., quoniam Alexandrum.* Verum si crimen in modum exceptionis opponitur tamen, non ad repulsam, sed ad penam ;
verbi gratia, accusas me de adulterio, ego te repello dicens, non potes me accusare
quia lenocinium commisisti, de quo peto te puniri ; vel si uxor excipiat contra
maritum, quod maritus sit adulter, et quod non potest accusare eandem de adulterio, tunc videtur quod illud crimen in modum exceptionis objectum penam proponat; *ff. ad l. Jul. de adult., l. ult. 2, § si in puplico.* Et sic servatur in criminibus,
quotiens in modum exceptionis opponitur, tam contra accusantem quam contra
accusatum, hoc est, quia repellit non autem imponit penam, nisi in crimine lenocinii, et hoc propter privilegium castitatis, et odium ipsius delicti; *ut ff ad l. Jul. de
adult., l. 2, § si puplico.* Et est ratio[1] quod non possit quis puniri quotiens contra

[1] Nota bene.

eum de crimine excipitur; ad hoc enim ut pena imponatur, oportet quod accusator interveniat; *ff. de munerib. et honorib., l. rescripto.* At qui excipit, non accusat. Quomodo ergo dampnaretur aliquis, sine accusatorio libello, sive vel etiam cum quo male tantum confecto nomen rei aboletur; *ff. de accus., libellorum.* Item, non est intentio excipientis nec judicantis, nec ad hoc agitur ut accusator dampnatur, sed ut reppellatur. Verum est enim quod qui excipit agere videtur, scilicet quantum ad onus probationis tantummodo, et non ad aliud; *ff. de except., l. 1; ff. de probat, l. in exceptionibus.* Ut quis a promotione officii seu beneficii excludatur : puta, est aliquis electus, excipitur contra illum quod sit criminosus; tunc, aut excipitur ante confirmationem, et tunc non cogitur inscribere ille qui excipit, quia crimen hoc modo probatum impedit promovendum, sed non dejicit jam promotum; aut post confirmationem, et obicitur forte quando quis est ordinandus aut consecrandus, et tunc, quia crimen in modum exceptionis objectum, si probabitur, ab optinendo repellit, et deicit ab optento. Tunc licet qui excipit non teneatur inscribere, tamen ille qui excipit, secundum arbitrium discreti judicis, ad penam est extraordinariam astringendus, si in probatione deffecerit. Et quare, assignatur ratio, quia, in crimine sic probato, perdit quod per electionem et confirmationem sibi fuerat acquisitum, licet prius habita non amittat, et licet agatur de crimine. Non tamen est questio criminalis, et ideo potest procurator intervenire; *extra, de accus., super; extra, de procur., fraternitatis tue.* Et sic nota quod ista exceptio tantummodo habetur per accusatorem, et ideo contra istum ad penam proceditur. RAUFREDUS.

Qualiter puniatur ille contra quem per modum exceptionis agitur,
si convincatur, secundum Tancretum.

Si autem in modum exceptionis objicitur[1] crimen alicui, similiter non est inscriptio facienda, nec admittitur ad excipiendum, nisi is cujus interest; *extra, .de testib., veniens.* Verumptamen distinguitur, utrum objiciatur crimen in modum exceptionis testi vel accusatori, ut a testimonio vel ab agendo repellatur, aut proponendo, ut non confirmetur vel non ordinetur. Et in primis duobus casibus, probato crimine, repellitur testis a testimonio, et accusator ab accusatione, sed non debent alia pena puniri; *extra, de ord. cognit., cum dilectus, versus fin.* Et nota quod aliquis aliquando punitur in eo de quo non est directe contra eum actum, scilicet cum confitetur crimen, vel convincitur super crimine quod contingit principale negotium; *extra, de except. denique, in fin.;* ubi invenitur quod, si crimen testi objiciatur quod causam contigit principalem, probato crimine, punitur et etiam repellitur; *extra, de confes., cum super; extra, de elect., per inquisitionem.*

[1] Tancrède, *op. cit.,* Qualiter contra criminosos agatur, p. 92.

Similiter, si testis arguatur de falso; *extra, de crim. falsi, c. 1.* Similiter, maritus
qui agit de adulterio et obicitur de lenocinio; et probatur, *ff. ad l. Jul. de adult., l. 1.*
Idem dico, si confiteatur crimen negotium principale contingens; *ut in pred. c. per
inquisitionem, et cum super hiis.* Testis vero qui in ferendo testimonio vacillat vel
variat, vinculis mancipatur; *extra, de penis; alias, de accus., super hiis.* Et ita patet
quod, si crimen objiciatur testi vel accusatori, et probetur, non solum removitur
ab accusatione et testificatione, sed etiam punitur, cum scilicet crimen quod
objecit tangit principale negotium, quod est contra illud generale quod nullus
debet sine accusatore dampnari; *ii, q. i, de manifesta; xxiii, q. iiii, si quis
potestatem.* Si autem crimen obicitur promovendo ne confirmetur vel ordinetur,
et hic aliter distinguitur. Aut obicitur ante confirmationem, aut post. Si ante confirmationem obicitur, et probatur, impedit promovendum, sed non deicit jam
promotum, tamen perdit jus quod sibi fuerat canonice acquisitum. Si autem
obicitur crimen clerico post confirmationem, ut a consecratione repellatur, licet
ille qui obicit non teneatur inscribere, tamen ad aliquam penam extraordinariam, ad arbitrium judicis, obligare se debet, quia cum hoc modo crimen
probatur, perdit quod per confirmationem et electionem fuerat ei acquisitum,
sed prius habitum non amittit; *extra, de accus., super hiis.*

Et nota quod, in hoc casu et in aliis duobus casibus precedentibus, laici bone
fame contra clericos admittuntur ad agendum et testificandum; *extra, de testib.,
tam litteris;* et ratio est ibi quia civiliter agebatur. Tancretus.

*De effectubus accusationis, inquisitionis, denunciationis et exceptionis,
et que eas precedere habeant. ix.*

Notandum est quod, in foro ecclesiastico[1], quatuor modis agitur de crimine, per
accusationem, inquisitionem, denunciationem et exceptionem. Nec obstat, *extra,
c. super hiis.* Nam verum est quod crimen tribus modis potest opponi, ut ibi dicitur, sed quatuor modis agitur, ut dictum est. Nam per inquisitionem agitur de
crimine, nec tamen tunc crimen obponitur. In primo ergo modo, et accusator et
libellus est necessarius, nisi in casibus ut dictum est supra; in tribus sequentibus,
non; unde accusationem debet procedere inscriptio, *ut extra, c. super hiis;* fallit
casualiter ut superius dictum est; inquisitionem, clamosa insinuatio; *extra, eod.
tit., qualiter; extra, de symon., licet Hely, et c. per tuas;* denuntiationem, caritativa
monitio; *extra, eod. c. ii, c. licet Hely, et c. per tuas; ii, q. vii, accusatio, et c. si
quis erga;* exceptionem, ad extraordinariam penam obligatio, si contra clericum
confirmatum obiciatur; *extra, c. super hiis.*

Effectus accusationis, est depositio; inquisitionis, ab administratione remotio;

[1] Goffredus, *op. cit.,* liv. V, c. De accusationibus, etc., n°ˢ 10-11, fol. 190.

denunciationis, penitentia vel correctio; exceptionis, consecrandi exclusio; *extra, c. super hiis.*

In casibus tamen, ex denunciatione sequitur amotio, ut cum quis agere non potest penitentiam, correcto quod vitiose acquisivit et super quo denunciatus est, ut in symoniaco in ordine; *I, q. I, si quis neque, et q. VII, requiritis.* Item, in dignitate et beneficio symoniaco; *ut XIII, dist. nervi;* in re furtiva vel violenta; *ut XIIII, q. VI, si res aliena;* idem in re per dolum acquisita, quam reddere quis tenetur, ut violenta; *extra, de restitut., spoliat., sepe contingit.* GOFFREDUS.

DE PURGATIONE CRIMINUM.

Sciendum est quod, qualitercumque agatur[1] de crimine contra aliquem, si fuerit mala fama respersus, licet convictus non sit vel confessus, tamen ad purgationem canonicam est cogendus; *extra, de accus., cum P.; et extra, de testib., tam litteris; extra, de purg. can., c. accedente, et c. cum dilectus.* Immo, ex sola suspitione videtur purgatio indicenda; *extra, de offic. ordin., ex parte, in fin.* TANCRETUS.

Videamus ergo : quid sit purgatio; quot sunt species purgationis; quando indicenda sit purgatio; qualiter facienda; quis numerus compurgatorum; et an super eo de quo se purgavit valeat accusari; que sit pena defficientis in purgatione; quid sit vulgaris purgatio; quare sit prohibita; et an hujusmodi purgationi stetur.

Quid sit purgatio.

Purgatio est de objecto crimine innocentie ostensio.

Species purgationis sunt due[2], canonica et vulgaris. Canonica fit per juramentum; vulgaris, per ferrum candens, per duellum, per aquam frigidam sive bullientem. Canonica approbatur; vulgaris reprobatur; *II, q. V, mensam; extra eod. tit., ex tuarum; et tit. seq., per totum.*

Quando indicenda et cui sit purgatio.

Purgatio est indicenda[3] infamato de crimine, dummodo infamatus sit apud bonos et graves, et infamia non habuerit ortum ab inimicis; *extra, eod., cum in juventute.* Sed quamvis generaliter, ratione criminis, purgatio indicatur, indicitur, aliquando, ratione deffectus; *extra, eod. tit., accedens;* aliquando, propter surrep-

---

[1] Tancrède. *op. cit.,* Qualiter contra criminosos agatur, p 100. — [2] Goffredus, *op. cit.,* l. V, c. De purgagatione canonica, nᵒˢ 1, fol. 226. — [3] Goffredus, *op. cit.,* nᵒ 2, fol. 226.

tionem; *ut supra, de off. ordin., ex parte;* aliquando, in mere civilibus purgatio indicitur; *extra, de sent. et re judic., quod ad consultationem;* secundum unam lecturam.

Qualiter sit facienda purgatio et de forma ipsius.

Forma purgationis hec est[1], quia infamatus jurabit se immunem esse a crimine quo infamatur. Compurgatores jurabunt se illum infamatum purgantem se credere verum jurasse; *extra, eod. tit., quoties, et c. ult.* Aliter autem deponere non debent, ne subirent anceps perjurium; *ff. de in lit. jur., l. videamus; et ff. rerum amotar., l. Marcellus.*

Quis sit numerus compurgatorum.

Numerus compurgatorum[2] est, ut episcopus se purget cum XII sui ordinis, sacerdos cum VI, diaconus cum III; *II, q. V, omnibus, si legitimi, et c. presbyter si a plebe.* Unde versus :

> Pontificem parium manus expurgat duodena;
> Sexta, sacerdotem; levitam tertia purgat.
> Quem plebs infamat purgabitur in manifesto;
> Quem chorus, ante chorum sua sit purgatio presto.

Ubi enim malum, ibi moriatur; *II, q. I, peccaverit.* Hodie numerus compurgatorum arbitrarius est, inspecta persone qualitate et infamie quantitate; *ut in c. cum in juventute; extra, de accus., cum P.; et II, q. omnibus, in fin.;* et ideo adiciuntur hii versus.

> Hoc hodie restat judicis officio :
> Major majori, minor est imponenda minori.

An super eo de quo quis se purgaverit valeat accusari.

Et in hoc dicunt[3] quidam quod si, accusatione precedente, purgatio indicatur, purgatus iterum accusari non potest; *extra, de accus., de hiis; XXII, q. IIII, si illic;* ne de ejusdem hominis facto sepius queratur; *ff. naute caupon. stabul., l. licet;* preterquam in casibus : *ff. de prevaric., l. 3; ff. de accus., l. si cui, § hiisdem.* Secus, si nulla precedente accusatione, nam tunc post purgationem poterit denuo accusari; *arg. II, q. V, hoc habet proprium, et c. Mennam.* Ibi enim purgatus se purgat, si tamen cessaverit accusator, id est si nullus eum accuset. Innuit ergo quod post primam purgationem admittatur accusatio; *ad idem, XXXIII, q.II, admonere;* ubi quis post penitentiam accusatur. Item sicut post absolutionem indicatur purgatio, ita

---

[1] Goffredus, *loc. cit.,* n° 3, fol. 226. — [2] Goffredus, *loc. cit.,* n° 3, fol. 226. — [3] Goffredus, *loc. cit.,* n° 4, fol. 226.

post purgationem admittenda est accusatio; *extra, de accus., veniens.* Alii dicunt quod, sive accusatione precedente, sive non, purgatio indicatur[1]. Purgatus de eodem non poterit iterum accusari, quia sacramentum est majoris auctoritatis quam sententia; *ut ff. de jurejur., l. 2;* et juramentum bona fide exactum consumit accusationem popularem; *ut ff. eod. tit., l. eum qui, § in popularibus.* Puto[2] quod purgatus non possit accusari super eo super quo se purgavit, nisi accusans suum dolorem prosequatur, doceatque se ignorasse purgationem indictam; *arg. ad hoc, ff. de accus., l. si cui, § hiisdem; et extra, qui matrim., accus. pos., cum in tua;* vel nisi velit probare purgatum dejerasse; quod fieri potest, cum sacramentum purgationis sit judiciale, et contra judiciale sacramentum probari possit; *ut ff. de jurejur., admonendi.*

Que sit pena defficientis in purgatione.

Restat videre[3] que pena imponenda sit ei qui defficit in purgatione; in quo regulam trado, sicut quis puniretur de crimine de quo impetebatur, considerato modo agendi, sic punietur, si in purgatione defficiat. Unde, si per modum accusationis agebatur de crimine, et defficiente accusatore, purgatio indicatur, si purgandus in purgatione defficiat, deponetur; *extra, de symon., de hoc autem; extra, c. inter sollicitudines.* Sed si velis dicere quod illa decretalis *inter* non loquatur in accusatione, tunc dices quod ibi inquisitum fuit de crimine enormi, scilicet de crimine heresis, de quo etiam per modum inquisitionis facienda fuisset depositio, propter solempnem exauctorizationem, reo per modum convicto; *extra, de accus., inquisitioni; extra, de symon., per tuas;* et propterea eadem pena imponitur ex deffectu purgationis que ex inquisitione descendit. Sed aliquantulum obstat, *extra de symon., insinuatum,* ubi deffectus purgationis descendentis ex inquisitione super symonia, quod est enorme, *extra, de accus., inquisitioni,* inducit tantummodo privationem a beneficiis. Respondeo, ibi plurimi erant, et ideo grave erat eos deponi; *extra, de cler. excom., latores.* Si vero crimen proponatur per modum exceptionis contra aliquem ut a beneficio excludatur, deffectus purgationis descendentis ex crimine sic proposito exclusionem a beneficio inducet; *extra, de accus., accedens.*

Quid sit vulgaris purgatio.

Vulgaris purgatio dicitur[4] quam vulgus invenit, scilicet per duellum, aquam, et ignem; *extra, c. per totum; II, q. v, monomachiam, Mennam, consulisti.*

---

[1] Nota bene. — [2] Oppinio auctoris est bona. — [3] Goffredus, *loc. cit.,* n° 5, fol. 226. — [4] Goffredus, *op. cit.,* liv. V, c. De purgatione vulgari, n° 1, fol. 226.

Quare vulgaris purgatio sit prohibita.

Triplex est ratio[1] quare hujusmodi purgatio prohibetur. Prima est quia, facta fuit, invidia fabricante, *ut in c. Mennam;* secunda, quia, in ea, Deus tentari videtur; tertia, quia plerumque innocens condampnatur; *extra, c. significantibus.* Goffredus.

Dominus Raufredus concordat cum omnibus hiis premissis, et addit circa formam sacramenti in purgatione prestandi. Dicit ipse : Specificabit superior formam sacramenti sic : Ecce [2], accusatur [3] episcopus de symonia; episcopus jurabit quod, pro tali ecclesia danda, vel aliqua re alia spirituali, nec ipse per se, nec per submissam personam, nec aliquis pro eo sciente, pretium accepit; *extra, de purg. can., quotiens.* Super aliis autem criminibus jurabit, sicut Goffredus dixit[4], vel sub expressa forma quod symoniam non commisit, postquam ad episcopalem dignitatem extitit promotus, *extra, de purg. can., accepimus.* Et caveant judices quod nullas minas, nullam malivolam, illis compurgatoribus ostendant, nec illos impediant, nec quantum in se est permittant aliquem illorum ab aliis impediri; *extra, eod., cum P. Manconella.* Item, isti compurgatores cognoscant eum quem purgant, alioquin anceps perjurium subirent; *ff. de in lit. jur., l. videamus.* Item, debent esse bone conversationis, et bone oppinionis, et non flecti odio, amore, vel pecunia; *ut in c. cum P.* Item, debent esse, fide catholici, vite probate, et qui eum cognoverunt, tam moderno tempore quam transacto; *extra, c. inter sollicitudinem.* Item, debent esse vicini illius; *extra, c. cum dilectus;* nec debent examinare judices, quarum nationum sunt illi compurgatores [5], sed satis est quod ab ecclesia tollantur, et sint bone opinionis, et in suis ordinibus ministrantes, nec in aliquo crimine sint dampnati; *extra, eod. tit., constitutus.* Raufredus.

De effectu purgationis.

Effectus purgationis [6] maximus est. Nam si aliquis purgatus fuerit, absolvetur ab illo crimine de quo fuerat infamatus vel accusatus, alioquin condampnabitur; *extra, c. cum P., et inter sollicitudinem; extra, de symon., de hoc autem, insinuatum; et extra, c. ex tuarum; et* II, q. v, *Mennam, cum c. sequentibus.* Condampnabitur, inquam, nisi se purgaverit nisi in tribus casibus[7]. Primus est, si aliquis extra-

---

[1] Goffredus, *loc. cit.,* n° 2, fol. 226.

[2] Nota.

[3] Roffredus, *op. cit.,* part. 7, fol. 50, col. 4.

[4] Supra, eod. tit., Qualiter sit facienda.

[5] Nota quod non est cavendum de notione nationis.

[6] Roffredus, *loc. cit.,* fol. 51, col. 1.

[7] Nota bene istos tres casus in quibus non condampnatur quis, etiam infamatus, et etiam si se non purgaverit.

10.

neus est etiam incognitus, certe si non habeat compurgatores qui eum cognoscant, non propterea punietur; sed credo ipsum, suo sacramento, liberandum. Vel si puplica laborat infamia, procedetur ad tempus contra eum, donec sedetur scandalum; videlicet, quod ipsum judex suspendat ab officio vel beneficio, donec reformet se ad frugem melioris vite; *ut extra, c. inter solitudinem.* Item, si aliquis legitime appellat, licet se non purgat, non punitur; non enim ipse judex a quo est appellatum legitime indicat sibi purgationem, sed superior; *extra, c. cum nos;* judicio enim pendente coram delegato, potest ordinarius procedere ad indicendam; *extra, eod. tit., cum dilectus.* Idem in tertio casu, scilicet cum non potuerint inveniri compurgatores, licet ille qui est compurgandus sit notus; sic ponitur exemplum, *extra, c. cum in juventute.* RAUFREDUS.

VIII

Fol. XLI, 3ᵉ col., *in fine.* C'est la formule de cession de biens que Guillaume signale comme usitée dans la pratique de son temps, quoique non conforme au droit. La cession est faite, par deux époux, à l'église, le dimanche, à l'heure de la messe paroissiale. Le mari affirme sous serment, après la lecture de l'évangile, qu'il est dans l'impossibilité de payer. Le mari paraît nu-pieds, en chemise, et en braies; sa femme est à côté de lui, vêtue, mais ayant aussi les pieds nus et les cheveux épars sur les épaules.

Forma cessionis bonorum.

Presbitero tali. Cum B recognoverit, in jure, personaliter, coram nobis, se debere A, x libras parisienses, ex causa mutui, vel ex venditione et liberatione vini, impotentiamque solvendi allegaverit, omnium bonorum suorum offerens cessionem; vobis mandamus quatinus, nisi vobis constiterit quod idem B, hac instanti die dominica, hora misse parrochialis, lecto evangelio, juraverit in ecclesia, puplice tactis sacrosanctis evangeliis, et adde si vis nudis pedibus, in camisia et in braccis, sine cucufa, et talis ejus uxor, in suo habitu, vel crinibus respersis super humeros, nuda pedes, se non esse solvendo, in toto nec in parte, et quod citius solvere poterunt solvent, in toto vel in parte, et quod non opponent se, nec impedient quominus ipse A possit capere et levare de bonis suis mobilibus, si que habent, usque ad valorem debiti prelibati, nec non et quod tantum vendent, infra quadraginta dies proximo et continue et successive numerandos, de bonis suis immobilibus, si que habent, quod eidem A satisfacient competenter, alioquin ipsum, quem si in hoc deffecerit, quem in hiis scriptis excommunicamus, etc.; vel alioquin ad absolutionem ipsorum nullatenus procedatis. In signum vero cessionis, etc. Datum, etc.

Reprobatur hec forma cessionis licet de consuetudine habeatur, *per l. ff. eod., l. alt. et C. eod., l. in omni cessione.*

IX

Fol. cxxxiii, 4ᵉ col. et cxxxiv *a*. Guillaume de Paris donne ici les appointements principaux du procès canonique. Il s'excuse de transcrire des formules si connues, mais c'est à titre de guide-âne, *aanerie*, *propter rudes et asinos.*

On connaît l'influence de la procédure canonique sur celle des tribunaux laïques; mais rien n'est plus propre à donner toute la mesure de cette influence que le rapprochement de ces appointements avec ceux des tribunaux laïques au xivᵉ siècle. Si l'on compare, par exemple, ces formules, avec celles des appointements du Châtelet de Paris, que nous avons données dans notre *Ordre du procès civil,* d'après le Grand Coutumier, on reconnaîtra, non seulement qu'elles se développent dans le même ordre, mais encore que ces dernières ne sont le plus souvent que la reproduction, et parfois même la traduction, presque littérale, des formules canoniques.

In secunda parte, continentur omnia et singula memorialia et acta que contingunt fieri, ab ipso litis exordio, id est ab ipsa prima die qua primo partes comparent in judicio, sufficienter discepture, usque ad diffinitivam sententiam exclusive. Que licet rudissimum sit scribere, et verisimiliter, ut ita loquar, aanerie, tamen propter rudes et asinos, ut ego sum, illa scribo.

Primo, Memoriale ad deliberandum, sic.

Instans dies talis est assignata coram nobis; et hoc coram ordinario; adde, peremptorie, si coram delegato; A contra B, ad deliberandum, ex parte dicti B, super petitione dicti A tradenda curie, infra diem, vel infra talem, vel ante dies quatuor, ante diem, et ad procedendum ulterius, ut jus erit. Hec autem clausula ultima, et ad procedendum ulterius ut jus erit, ponetur in omnibus memoriali-

·bus, ab isto usque ad memoriale ad audiendum jus, in causa principali constitutis, et adhuc in illo, secundum quosdam, sed non credo.

II. *Proposita aliqua exceptione, ex parte rei, que moveat vel movere debeat judices, petetur et concedetur dies ad proponendum omnes excepciones. Et fac memoriale, sic.*

:Instans dies talis est assignata, coram nobis, A contra B, ad proponendum omnes excepciones dilatorias, et ad procedendum.

III. *Ad interloquendum, sic.*

Instans dies talis est assignata, coram nobis, A contra B, ad interloquendum super exceptionibus dicti B, traditis et exhibitis in judicio coram nobis. Salvis replicacionibus dicti A, tradendis tempestive in diem. Et ad procedendum.

IV. *Lata interloqutoria, tunc ad litem, sic.*

Dies talis, etc., A contra B, ad litis contestationem, in causa que coram nobis vertitur inter ipsos, et ad procedendum, etc. Et tunc habebit reus aliam dilacionem ad contestandum si voluerit; nisi apposueris in memoriali, precise, et tunc non.

V. *Memoriale litis contestationis, sic fiat.*

Acta coram nobis, anno Domini, etc., die tali assignata coram nobis, ad litem contestandam precise, in causa que coram nobis vertitur, et ad procedendum, etc. Dicta die, dictis partibus, per se, si vis, vel per procuratorem, coram nobis sufficienter in judicio comparentibus, asseruit ipse A, vel procurator ipsius, coram nobis, omnia et singula in petitione sua vera esse, et petita fieri debere. Que omnia et singula, cum protestatione perhibita de ineptitudine et insufficiencia dicte petitionis, et quod, ex narratis, non sequatur condampnatio. Litem contestans negavit omnia et singula vera esse, et petita fieri debere eo modo que sunt proposita et narrata. Quibus actis, nos assignavimus dictis partibus diem talem, ad jurandum de calumpnia, et ad procedendum, etc. Datum, etc.

VI. *Memoriale ad jurandam, sic fiat.*

Acta coram nobis, anno, etc., die tali assignata ad jurandum, etc., et ad procedendum, etc. Dicta die, dictis partibus in jure coram nobis personaliter comparentibus, receptum fuit seu prestitum, ab eisdem, in dicta causa, calumpnie juramentum, quo prestito, dixerunt dicte partes, per juramenta prestita, ea que antea vel que in precedente memoriali continentur. Quibus actis, nos assignavimus dictis partibus, diem talem, scilicet A, ad ponendum primo, et dicto B, positionibus respondendum, et ad procedendum, etc. Vel, ad ponendum, hinc et inde; et hoc, si causa sit talis quod uterque teneatur et intendat probare. Et ad procedendum, etc. Et tunc fiet.

VII. *Memoriales ad ponendum primo, sic.*

Acta coram nobis, etc. Assignata A contra B ad ponendum 1°, vel ad ponendum hinc et inde, et ad procedendum, etc. Dicta die, dictis partibus, etc., ut supra in memoriali precedente, positum fuit per juramentum dicti A, et tradite positiones in scriptis contra eundem B, et responsiones sequte ex parte dicti B ad easdem, vel positum extitit hinc et inde, et responsio sequitur hinc et inde, cum protestatione perhibita quod si ad aliquam positionem, impertinentem jure, negativam, duplicem, aut ad aliquam aliam ad quam de jure respondere non debeat responderit, quod non noceat ci sua responsio. In modo qui sequitur hec sunt positiones A contra B. Primo ponit dictus A, per juramentum suum, sic, deinde sic, et postea sic. Et ad quamlibct, respondeat reus, credit vel non credit, vel dubitat. Et tunc ad illam positionem ad quam respondit, dubitat, tenebitur respondere, credit vel non credit. Et, hic in altera die sibi assignata ad ponendum 11°, etc., adjunge, quibus actis nos assignamus diem talem ad ponendum secundo. Et ad procedendum, etc. Et tunc.

VIII. *Fiet memorial ad ponendum 11°.*

Eodem modo quo modo etiam in memoriali precedente dictum est, mutata tantummodo hac dictione, scilicet, primo, in hac dictione, 11°. Et tunc.

IX. *Acceptabitur dies ad probandum 1°. Et erit memoriale tale.*

Instans dies talis est assignata, A contra B, ad probandum 1°, ex parte dicti A, intentionem suam, et ad procedendum, etc. Datum. Deinde, ad probandum 11°, et postea ad probandum tercio. Ultra istas tres dilationes, non habebit ad probandum, nisi adhibita fuerit illa juris sollempnitas de quo tractatur, *extra, de testib., ad probandum.* Et fient memorialia, ut supra in memoriali ad probandum 1°, verbis competentibus mutatis. Et potes addere, in quolibet memoriali de istis tribus : Et produxit vel exhibuit, in judicio, dictus A, tale instrumentum ad fundendam intentionem suam, quod sic, Universis, etc., et sic terminatur. Datum. Vel tales testes quorum nomina sunt hec, C et D, qui juraverunt, coram nobis, pro utraque parte dicere veritatem. Et quos, si absolutione indigent, quoad actum deponendi, absolvimus ad cautelam. Datum, etc.

X. *Acceptabitur dies ad dicendum 1° et 11° in testes et dicta testium,
et fiet memoriale sic.*

Instans dies talis est assignata tali contra talem, ad dicendum 1°, vel 11°, in
testes et dicta testium ex parte dicti talis productorum, et ad procedendum.
Tunc debent facere advocati et proponere allegationes juris et informationes quocunque modo potuerunt meliores, et tradere judici. Et tunc, habeatur pro con-
cluso in causa, hinc et inde. Et fiet.

XI. *Memoriale tale.*

Instans dies talis est assignata tali contra talem, ad audiendum jus. Et adde si
vis, precise, etc. Et tunc, de cetero, erit in voluntate judicis de ferendo diffinitivam sententiam.

X

Fol. CLIV, col. 3, *in fine*. — Ce dernier extrait reproduit la formule
de testament dans laquelle Guillaume de Paris se met lui-même en
scène. Elle nous donne un exemple remarquable du travail de remaniement auquel se livre parfois notre auteur sur les formules de Guillaume
Durant. Il est facile, en effet, d'y reconnaître un abrégé de la sixième
formule du paragraphe 1 2 , liv. 2 , part. 2 , de instrumentorum, edition
du *Speculum,* complété par des emprunts aux formules 1 et 3 du
même paragraphe.

Forma autem testamenti talis erit. Universis presentes litteras inspecturis,
Officialis, etc. Notum facimus quod, coram nobis propter hoc principaliter constitutus, Guillermus, dictus Presbyter, clericus, sanus mente, licet eger corpore,
. . . vel sic, sanus mente et corpore, volens peregrinari, vel, pro succursu terre
Sancte, mare transire, vel dimitte illa verba si vis, et adde post illa verba, sanus
mente et corpore, desiderans, quamdiu viget in corporeis membris quies, et ratio
reget mentem, quam siquidem rationem sepe adeo languor obnubilat ut, non
solum temporalium rerum, verum et sui ipsius cogat ipsa languoris vehementia
oblivisci, condicionisque humane inevitabile desiderans debitum pervenire, res et
bona sua, per hoc presens nuncupativum testamentum, in scriptis disposuit, in
hoc modo. In primis, etc.

Et ad hoc omnia et singula exequenda, vult, voluit et precepit commissarios
et exequtores suos, tales. Dans eisdem, et cuilibet ipsorum, plenam licentiam

et liberam potestatem, ut sine contradictione heredum suorum, aut alterius cujuscumque persone, possint, sua auctoritate, de quibuscunque bonis ipsius testatoris voluerint, vendere, alienare, et obligare, pro predictis forefactis, debitis, legatis et restitutionibus faciendis et solvendis, et predictis omnibus et singulis expediendis pro anima sua, ut dictum est. Et si contigerit aliquem dictorum commissariorum suorum aut exequtorum premori eidem testatori, aut ante exequtionem omnium premissorum, alii vél alius, nichilominus predicta omnia et singula exequantur. Hanc autem suam ultimam voluntatem esse voluit, quam valere voluit, jure testamenti. Quod si jure testamenti non valet, valeat saltem jure codicillorum, vel cujuslibet alterius ultime voluntatis. In cujus. Datum m° cc° nonagesimo primo, mense octobris.

9 782016 185230